광해록

Segment:

광해록 12

광해록 12

초판 1쇄 인쇄일 2015년 9월 24일 | **초판 1쇄 발행일** 2015년 9월 30일

지은이 조 휘 | **펴낸이** 곽중열 | **담당편집 팀장** 이범수
편집부 신연제 이윤아 김호성 김은경

펴낸곳 (주)조은세상 | 출판등록 제 2002-23호
주소 경기도 연천군 미산면 청정로 1355
TEL 편집부 02)587-2966 | FAX 02)587-2922
e-mail bukdu@comics21c.co.kr

ⓒ조 휘 2014
ISBN 979-11-5832-298-4 | ISBN 979-11-5512-853-4(set) | 값 8,000원

※잘못 만들어진 책은 바꿔 드립니다.
※저자와의 협의에 의해 인지는 생략합니다.

NEO ALTERNATIVE HISTORY FICTION

조휘 대체 역사 장편소설 ⟨12⟩

光海錄

북두
(주)좋은세상

CONTENTS

NEO ALTERNATIVE HISTORY FICTION

광해록

1장. 허(虛)의 허(虛)

光海郡

1장. 허(虛)의 허(虛)

조선군의 첫 번째 사격에 반응한 왜군은 소수였다.

외곽에 경계를 세워두긴 했지만 완벽하지는 않았다. 연합군이란 단어 자체가 소속이 다른 부대의 연합이라는 말이었다.

각 부대마다 지휘체계, 명령체계, 보고체계가 모두 달랐다. 연합해 싸운 경험이 아무리 많다한들, 처음엔 공조에 애를 먹기 마련이었다. 지금 큐슈연합군의 상황이 딱 그러했다.

사쓰마의 시마즈, 지쿠젠의 호소카와, 히고의 사가라.

이들 세 지역의 부대가 뒤섞여 있던 큐슈연합군은 누가 당한건지, 어느 방향의 기습인지를 알아내기 위해 부산을 떨었다.

심지어 처음엔 시마즈, 호소카와가 서로를 공격한 줄 알았다. 그게 의도적이든, 아니면 우발적인 오인사격이든 간에 내부에 사고가 일어난 줄 아는 왜군이 더 많을 지경이었다.

호소카와가문은 주인을 다섯 차례나 바꾸어가며 영지를 늘려왔다. 아시카카 요시테루, 아시카가 요시아키, 오다 노부나가, 도요토미 히데요시, 도쿠가와 이에야스. 그 와중에 장인 아케치 미쓰히데의 간절한 지원요청을 묵살한 적이 있었다. 또, 유폐시킨 부인은 이시다 미츠나리의 서군에 인질로 잡히는 것을 막기 위해 스스로 목숨을 끊은 과거가 있었다.

호소카와는 냉정할 정도로 빠른 계산을 통해 영지를 늘려왔다.

반면, 사쓰마의 시마즈는 독야청청이었다.

아니, 더 정확히 말하면 시류에 영합하길 싫어하는 가풍이었다.

도요토미 히데요시가 20만의 대병력을 앞세워 큐슈에 쳐들어왔을 무렵, 시마즈가문이 모을 수 있는 병력은 몇 만에 불과했다. 처음부터 패한 싸움이었다. 그러나 시마즈는 항복하지 않았다. 오히려 거칠게 나오며 먼저 싸움을 걸었다.

결국, 항복하긴 했지만 그 후에는 도요토미 히데요시에

게 충성을 바쳤다. 도요토미 히데요시의 조선출병 명령을 두 차례나 받았지만 모두 성실히 이행했다. 또, 도쿠가와 이에야스와 이시다 미츠나리 간에 세키가하라가 일어났을 때는 큐슈에 잠자코 있는 듯했지만 음으로, 양으로 도요토미 히데요리를 섬기는 이시다 미츠나리의 서군을 도와주려하였다. 한 번 항복한 후에는 의리를 끝까지 지키려했던 것이다.

그런 이유로 시마즈와 호소카와는 사이가 별로 좋지 않았다.

시마즈에게 호소카와는 큐슈에 굴러들어온 돌이나 다름없었다. 도쿠가와 이에야스가 큐슈에 큰 돌을 박아버린 것이다.

피와 희생으로 큐슈제패 직전까지 갔던 시마즈입장에선 줄을 잘 선 덕분에 그들이 차지할 뻔했던 큐슈 북부에 커다란 영지를 얻은 호소카와가 별로 마음에 들지 않았다. 물론, 호소카와 역시 시마즈를 별로 마음에 들어 하지 않았다.

호소카와부자는 자신을 교양인으로 생각하는 경향이 강했는데 그들에게 시마즈는 교양인이 아니라, 거친 무부에 불과할 뿐이었다. 또, 큐슈 전체가 제 영토인양, 텃세부리는 시마즈가문이 호소카와부자는 영 마음에 들지 않던 차였다.

이런 이유로 처음에는 시마즈의 가신 하나가 호소카와 군을 공격한 줄 알았다. 그러나 아니었다. 시마즈, 호소카 와 둘 다 아니었다. 당연히 사가라 역시 총성의 주인이 아 니었다.

나고야대본영 남쪽 언덕에 자리를 잡은 큐슈연합군은 가운데 시마즈군, 왼쪽에 호소카와군, 오른쪽에 사가라군 이 위치했다. 총성이 난 곳은 그 중 호소카와군이 있는 왼 쪽이었다.

호소카와 타다오키는 처음에 시마즈가 쳐들어 온지 알 았다. 눈앞에 조선군이란 공통의 적이 있긴 하지만 시마즈 놈들은 종잡을 수 없는지라, 가신 하나가 제멋대로 날뛰지 말란 법이 없었다. 실제로 시마즈의 가신들은 도요토미 히 데요시를 암살하려 했다. 그리고 조선출병명령을 거역해 나고야대본영으로 이동하는 도중 반란을 일으킨 전력이 있었다.

가신단에게 시마즈군이 있는 동쪽을 예의주시하라 명하 려는데 북서쪽을 경계하던 가신이 갑자기 급한 보고를 해 왔다.

"조선군 야습부대가 공격을 가해왔습니다!"

호소카와 타다오키는 가신의 보고를 가져온 전령에게 물었다.

"조선군이 확실하더냐?"

"예, 확실합니다."

"알았다."

전령을 돌려보낸 호소카와 타다오키는 중신 마츠이 야스유키를 불렀다. 마츠이 야스유키 역시 느닷없는 총성에 잠이 달아난 지 오래라 바로 호소카와 타다오키의 장막을 찾았다.

"조선군의 기습이랍니까?"

마츠이 야스유키의 질문에 타다오키는 고개를 끄덕였다.

"북서쪽이라는데 그곳을 지키는 가신이 누군지 아시오?"

"나카가와입니다."

"나카가와와 그 근처에 주둔한 가신에게 경거망동 말라 전하시오. 조선군이 또 기습해오거든 막는데 집중하라 하시오."

"알겠습니다."

장막을 나갔던 마츠이 야스유키가 곧 돌아왔다.

"영주님의 명을 가신들에게 전했습니다."

팔짱을 낀 채 앉아있던 호소카와 타다오키가 신음을 뱉었다.

"으음."

"왜 그러십니까?"

"무언가 마음에 걸리는 게 있는데 좀처럼 생각이 나질 않소."

마츠이 야스유키는 말없이 시립해있었다.

호소카와 타다오키는 그가 보살펴야할 어린애가 아니었다. 이미 그 능력을 왜국 전역에 펼쳐 보인 적 있는 사람이었다.

지금은 말없이 기다려주는 게 가신의 도리였다.

잠시 후, 팔짱을 푼 호소카와 타다오키가 벌떡 일어나 물었다.

"나카가와 옆을 지키는 가신이 누구요?"

잠시 생각하던 마츠이 야스유키가 눈을 크게 떴다.

"이런!"

"누구요?"

"카가야마입니다."

"카가야마 하야토말이오?"

"맞습니다."

"큰일 났군. 얼른 카가야마 진채에 사람을 보내도록 하시오."

"예."

대답한 마츠이 야스유키는 장막을 나와 바로 전령을 불렀다.

그리고 전령을 카가야마 진채에 보내며 당부했다.

"카가야마에게 절대 경거망동하지 말라 전해라. 만약, 이를 어길 시에는 주군의 명을 어긴 죄로 처벌받을 거라 전해라."

"예."

등에 깃발을 꽂은 전령은 카가야마 진채로 말을 급히 몰았다.

한편, 그 시각 그 카가야마 하야토는 진채 앞에 나와 있었다.

총성과 총구 화염이 들불처럼 일어났다가 갑자기 사라졌다.

카가야마 하야토의 시선이 동쪽으로 향했다.

동쪽에는 같은 호소카와가문의 가신 나카가와가 있었다.

그러나 나카가와는 반격하지 않았다.

그저 진채를 굳게 닫아 건 다음, 피해를 최소화하는 게 다였다.

조총으로 반격해보았지만 허공에 총을 쏘는 상황과 마찬가지였다. 용아의 사거리가 훨씬 더 길어 조총은 조선군을 맞추지 못했다. 더구나 지금은 시야가 거의 없는 상황이었다.

전생, 아니 삼생(三生)동안 업을 쌓아 터지기 직전이던 자가 아니고선 그런 사격에 맞을 턱이 없었다. 아니, 사실 그런 자들은 굳이 쏠 필요조차 없었다. 그런 자들은 돌부

리에 걸려 앞으로 넘어져도 뒤통수가 먼저 깨지기 마련이
었다.

카가야마 하야토는 답답했다.

저런 식으로 해선 날이 밝기 전까지 고통만 당할 뿐이었
다.

카가야마 하야토는 며칠 전의 일이 떠올랐다. 나고야대본
영 남쪽에 가장 먼저 도착한 호소카와 타다오키는 좀처럼
움직일 생각을 하지 않았다. 호소카와 타다오키를 존경했던
카가야마 하야토는 그 일로 크게 실망하였다. 호소카와 타
다오키는 전투를 피하는 사람이 아니었다. 교양인 흉내를
내느라 가끔 점잔을 빼지만 적에게는 잔인한 사람이었다.

카가야마 하야토는 겁을 집어먹은 게 분명한 호소카와
타다오키를 깨우쳐주어야겠다는 생각이 들기 시작했다.
그는 그게 호소카와가문을 대대로 섬겨온 가신의 의무라
여겼다.

조선군은 삼두육비의 괴물이 아니다. 베면 피가 흐른다.
조총을 쏘면 비명을 지른다. 그들 역시 우리 같은 사람이
다. 무기가 중요한 게 아니라, 싸움에 임하는 마음가짐이
중요하다. 카가야마 하야토의 머릿속에 이런 생각들이 지
나갔다.

카가야마 하야토는 부하에게 진채 문을 열라는 명을 내
렸다.

호소카와 타다오키나, 마츠이 야스유키는 조선군을 과대평가하는 게 분명했다. 그가 본토의 영지 수비임무를 맡는 바람에 분로쿠의 역에 참전하지 않았다고는 하지만 그쯤은 알 수 있었다. 조선군이 강하다면 고니시 유키나카가 어찌 20일 만에 조선 한복판에 있는 도성을 점령할 수가 있었겠는가.

　말에 오른 카가야마 하야토가 가장 먼저 열린 문으로 달렸다.

　"쳐라!"

　소리를 지른 카가야마 하야토는 총구의 불빛이 번쩍이는 곳으로 말을 몰았다. 그리고 그 뒤를 카가야마군 1천이 따랐다.

　총구 불빛이 보인 장소에 이른 카가야마 하야토가 지시했다.

　"조총부대 앞으로!"

　그 말에 조총을 든 병력이 앞으로 나와 도열했다.

　"쏴라!"

　조총을 쏘는덴 시간이 많이 걸렸다. 총구 쪽으로 납 탄환과 화약을 넣어줘야 했다. 그리고 다시 약실접시에 장약 역할을 하는 화약을 따로 넣어줘야 했다. 또, 화승에 불을 붙여 용두에 물려야했다. 이 단계까지 마쳐야 조준이 가능했다.

더구나 달빛이 약해 적의 정확한 위치를 알기 어려웠다.

그러나 어쨌든 명은 떨어진 상황이었다. 조총부대는 카가야마 하야토의 명령대로 어둠 속을 조준해 방아쇠를 당겼다.

탕탕탕탕!

총성이 어지럽게 울리며 화약 연기가 밤공기를 뒤덮었다. 조총에 사용하는 흑색화약은 연기가 많이 났다. 그래서 조선은 죽폭을 연막탄 용도로 사용한 전력마저 있을 지경이었다.

연기가 많이 난다는 말은 그을음이 많이 낀다는 말이었다. 조총부대는 꽂을대를 꺼내 그을음이 낀 총구를 먼저 청소했다. 만약, 청소하지 않은 채 그냥 발사할 경우, 불발이 나거나, 아니면 총신이 폭발해 사수를 다치게 할 위험이 항상 있었다. 그런 이유로 생사를 가르는 순간이 아닌 다음에야 항상 총신 안을 청소해 위험을 줄이는 방법이 필요했다.

총신을 청소한 조총부대는 다시 같은 동작을 반복했다. 총구을 세워 그 안에 화약과 납 탄환을 같이 넣었다. 그리고 약실접시에 화약을 조금 부어 어둠 속을 겨누었다. 용두에 물려놓은 화승의 불빛이 짐승의 눈처럼 붉은색으로 빛났다.

"쏴라!"

카가야마 하야토의 명이 울려 퍼지는 순간.

다시 한 번 총성이 어지럽게 울리며 5, 60미터 너머에 있는 흙이 사방으로 비산했다. 두 차례 사격을 가한 카가야마 하야토는 보병을 내보내 사격한 장소를 수색하게 하였다.

그러나 그 자리엔 조선군이 없었다.

아니, 조선군이 있었는지조차 확인하기 힘들었다.

횃불을 비춰보았으나 발자국 하나 보이지 않았다.

조총부대가 발사한 탄흔 자국만 몇 개 보일뿐이었다.

카가야마 하야토는 즉시 수색을 명했다.

오래지 않아 그가 보았던 총구 화염의 정확한 위치를 알아냈다. 조총부대가 조총을 쏜 곳으로부터 거리가 30여미터 떨어져있는 근처의 언덕 부근이었다. 용아의 사거리가 얼마나 긴지 체감을 못하던 카가야마 하야토가 조총의 사거리로 적의 위치를 계산했다가 그야말로 낭패를 본 셈이었다.

카가야마 하야토는 다시 추격을 명했다.

조선군의 발자국을 등대삼아 어두운 밤길을 빠르게 달렸다.

고개를 돌린 카가야마 하야토는 진채의 희미한 불빛이 등 뒤에 아른 거리는 것을 보았다. 이미 멀리 나온 것이다. 돌아가려면 지금이 적기였다. 그러나 체면, 그리고 자존심이 마음에 걸렸다. 호기 좋게 나왔다가 빈손으로 돌아가는 것만큼 창피한 게 없었다. 물러설 줄 아는 게 진정한 용기라며 충고해준 사람들이 몇 있었지만 머리에 남아있질 않았다.

"어서 조선군을 찾아라!"

소리친 카가야마 하야토는 나고야대본영 쪽으로 말을 몰았다.

그 순간, 총구 화염이 11시 방향에 번쩍였다.

탕탕!

그리고 뒤이어 총성이 들리는 순간, 달려가던 부하들이 짚단처럼 쓰러졌다. 카가야마 하야토는 그쪽에 보병부대를 보냈다.

다시 총성이 울렸다.

카가야마 하야토는 급히 주위에 물었다.

"우리가 쏜 것이냐?"

"아, 아닙니다!"

그 말에 말배를 걷어찬 카가야마 하야토는 보병부대가 간 방향으로 달려갔다. 가장 먼저의 그의 시야에 들어온 것은 바닥에 누워있는 장창병의 시신이었다. 말을 계속 몰아가니 시신의 숫자가 계속 늘어갔다. 총성 역시 계속 들려왔다.

그제야 함정에 빠졌다는 것을 안 카가야마 하야토는 고민했다.

조선군 별동부대는 어둠 속에 숨어 그들을 유인하는 중이었다. 이곳은 왜국 땅이지만 호소카와군보다 며칠 먼저 도착한 조선군이 지형을 상세하게 파악해 더 잘 아는 상황이었다.

잠시 후퇴할 생각을 했던 카가야마 하야토는 배에 힘을 잔뜩 주었다. 그리곤 부하들에게 조선군을 수색하며 전진하란 명을 내렸다. 그러나 이 명령은 치명적인 실수로 작용했다.

조선군은 어둠 속을 마치 살쾡이처럼 조용히 움직이며 카가야마 하야토의 부하들을 공격했다. 카가야마 하야토는 총성이 들릴 때마다 부대를 움직여 조선군을 추격했지만 매번 한 발 늦었다. 그리고 그때마다 적지 않은 희생자가 나왔다.

탕탕탕!

조선군이 앞에 있는 줄 알았던 카가야마 하야토는 깜짝 놀라 뒤를 돌아보았다. 방금 전 총성이 들린 방향은 앞이 아니라, 뒤였다. 카가야마 하야토는 기회라 여겼다. 조선군이 그들과 남쪽 본채 사이에 들어왔으니 도망칠 곳이 없는 것이다.

카가야마 하야토는 남쪽으로 진격을 명했다.

그리고 횃불을 만들어 어둠을 밝히란 명을 같이 내렸다.

카가야마 하야토의 생각으로는 그들이 계속 당하는 이유는 조명이 없어서였다. 오늘따라 달빛이 너무 약했다. 그저 희미한 윤곽만 보일 뿐이었다. 그렇다면 적에게 노출당하는 것을 감수한 채 조명을 밝혀 적을 찾아내는 게 급선무였다.

횃불이 타오르는 순간.

어둠에 잠겨있던 일대가 밝아지기 시작했다.

한데 그때였다.

풀숲에 엎드려있던 조선군이 벌떡 일어나 죽폭을 던지기 시작했다. 조선군과 카가야마군 사이의 거리는 30미터에 불과했다. 어둠을 이용한 조선군이 30미터 안으로 들어와 있었던 것이다. 거리가 너무 가까웠다. 조선군이 던진 죽폭은 30미터를 가볍게 날아와 카가야마군 한복판에 떨어졌다.

펑펑펑!

카가야마군은 카가야마 하야토의 명으로 한곳에 뭉쳐있었다. 그런 상태로 죽폭을 얻어맞았으니 피해가 기하급수적으로 늘었다. 거기다 조선군은 용아를 발사해 카가야마군을 저격했다. 조선군은 여전히 어둠 속에 싸여있었다. 반면, 카가야마군은 횃불로 주위를 밝혀 훤히 노출당한 상태였다.

조선군 입장에선 손쉬운 먹잇감이었다.

카가야마 하야토는 횃불을 조선군이 있는 풀숲에 던지라 명했다. 어둠 속에 숨어있는 조선군을 어떻게 해서든 밝은 데로 끌어내야했다. 그게 이길 수 있는 유일한 길이었다.

횃불을 든 부하들이 앞으로 나와 횃불을 던지려는 순간.

탕탕탕!

벌떡 일어난 조선군이 용아의 방아쇠를 일제히 당겼다.

다시 한 번 어지러운 총성이 장내를 빗발치듯 갈랐다.

그 순간, 횃불을 쥔 카가야마군 병사들이 바닥을 굴렀다.

조선군이 횃불을 가진 병사만 골라 일제사격을 가한 것이다.

카가야마 하야토는 그제야 찬물을 뒤집어 쓴 듯 정신이 번쩍 들었다. 조선의 냉철한 대응을 보는 순간, 식은땀이 흘렀다

"후, 후퇴해라!"

카가야마 하야토는 가장 먼저 기수를 돌려 우회에 들어갔다.

별동부대를 이끌던 전라사단 1연대장 김경로가 팔을 뻗었다.

"가운데 말을 탄 놈이 적장이다! 집중사격을 가해라!"

그 말에 별동부대 병사들이 카가야마 하야토를 향해 집중사격을 퍼부었다. 밤, 그리고 명중확률이 좋지 않은 용아라지만 500정의 용아가 가로세로 1미터의 공간을 겨누어 발사했을 경우, 맞추지 못할 확률보다 맞출 확률이 훨씬 높았다.

수십 발을 얻어맞은 카가야마 하야토가 말과 함께 옆으로 쓰러졌다. 말은 이미 즉사한 후였다. 그러나 카가야마 하야토는 숨이 붙어있는지 말의 시체를 치워내기 위해 발버둥 치다가 움직임을 멈췄다. 그렇게 카가야마 하야토가 죽었다.

카가야마 하야토가 죽기 무섭게 남아있던 카가야마군은 사방으로 흩어졌다. 진채를 나온 1천 명 중 살아 돌아간 병사는 3백을 넘지 않았다. 불과 2, 3시간 만에 7백이 쓰러졌다.

"돌아가자!"

김경로는 밤눈이 밝은 병사를 앞세워 나고야대본영으로 귀환을 시작했다. 대본영 앞 곳곳에 치명적인 함정이 있는지라, 대본영을 나올 때보다 돌아갈 때 더 조심했다. 성벽 위에 있을 때, 함정이 어디 있는지 눈으로 익혔다. 그 덕분에 미로를 통과하듯 생로를 찾아 나고야대본영을 나올 수 있었다.

그러나 반대는 상황이 전혀 달랐다.

그 동안 눈에 익힌 함정의 방향이 반대로 바뀐 것이다.

공간감이 아주 뛰어나지 않으면 미로의 출구에 들어가 입구를 찾는 데 어려움을 겪을 수밖에 없었다. 다행히, 출발할 때 해둔 표식이 있어 함정으로 걸어 들어가는 우는 범하지 않았다. 물론, 그 표식은 조선군만이 알아볼 수가 있었다.

나고야대본영에 무사히 도착한 김경로는 깨어있던 김시민을 찾아 작전성공을 알렸다. 김시민은 당연히 김경로 등의 노고를 치하했다. 그리고 남은 시간 동안 휴식을 취하게 했다. 날이 새려면 멀었으니 휴식을 취할 시간은 충분했다.

김경로 등 1연대 별동부대가 휴식을 취하러 간 사이, 야전 침상에 엉덩이를 걸친 김시민은 부관을 불러 찬물을 떠오게 했다. 그리고 그 물로 얼굴을 씻어 졸음을 멀리 쫓아버렸다.

1연대 별동부대는 휴식을 취할 수 있었지만 그는 아니었다.

"2연대장을 불러오게."

"예, 장군."

젊은 부관은 활력 넘치는 몸짓으로 사단장 처소를 나갔다. 그 모습을 본 김시민은 씁쓸한 표정으로 고개를 살짝 저었다.

세월은 유수, 흐르는 물과 같았다.

어렸을 때는 그 말을 이해하지 못했다.

지금 젊은 친구들에게 그 말을 한다한들 그들 역시 이해하지 못할 것이다. 유명한 격언 중 몇 가지는 자신이 그 범주 안에 들어가기 전에는 절대 이해하지 못하는 것들이었다.

세월은 유수라는 말 역시 그런 격언 중의 하나였다.

김시민은 자꾸 처지는 몸을 억지로 일으켜 세웠다.

한창 때는 끄떡없었지만 지금은 하루가 다르게 기력이 떨어졌다. 김시민은 흔히 하는 말로 정신이 육체를 지배한 상태였다. 과중한 부담이 그에게 불면증과 피로감을 안겨주었다.

김시민이 정신을 막 차렸을 무렵.

2연대장 오응정이 안으로 들어왔다.

"부르셨습니까?"

"휴식은 취했나?"

"예, 어제 저녁부터 충분히 쉬어두었습니다."

"그럼 작전을 시작하게. 날이 밝기 전에는 돌아와야 할 것이네."

"알겠습니다."

군례를 취한 2연대장 오응정은 2연대 1대대 500명과 더불어 동쪽 성문을 몰래 빠져나와 어둠 속을 은밀히 기동했다.

2연대는 1대대보다 더 먼 거리를 기동해야했다.

나고야대본영 남쪽에 자리한 넓은 공터를 완전히 우회했다.

임진왜란, 그리고 정유재란이 일어났을 무렵에는 조선으로 출병예정이던 수만 명의 왜군이 대기하던 장소였다. 나고야대본영이 아무리 넓다한들, 병력 수십만을 수용하진 못했다.

그런 관계로 이곳 남쪽 공터에 대부분의 병력이 진주해 있었다.

남쪽 공터를 우회한 2연대는 사가라 요리후사의 사가라군 후방에 도착해 매복 작전을 펼쳤다. 기도비닉이 중요한 작전인지라, 모두 입을 굳게 다문 채 큰 소리를 내지 않으려했다.

작전을 마친 다음에는 1대대 1중대 병력을 사가라군 후방 진채에 보내 죽폭을 던졌다. 곧 펑펑하는 소리가 울리더니 후방 진채가 활짝 열렸다. 그리고 그 안에 진주해있던 사가라군 천여 명이 달려 나와 1분대 병력을 쫓기 시작했다.

오응정은 원래 활달한 사람이었다. 평소에 농담을 잘했다. 그리고 사람들과 어울리는 것을 좋아했다. 그러나 전라사단장 김시민과 오랜 세월을 같이 지내다보니 어느새 김시민의 성격을 닮아 묵직한, 그리고 냉철한 성격으로 변모했다.

오응정은 침착하게 기다렸다.

김시민이 자주 애용하는 전술처럼, 오응정 역시 자원을 최소한으로 투입해 최대의 효과를 내는 전술을 아주 좋아했다.

김시민은 원래 활용 가능한 자원이 적은 상태로 왜의 대군을 막아야하다 보니 그런 전술이 몸에 밴 거지만 오응정은 김시민의 전술을 깊이 체득해 자신만의 전술로 만들었다.

유인계에 속은 사가라군이 좁은 계곡 사이로 들어왔다.

낮이었다면, 그리고 조금 더 조심스러웠다면 절대 정찰 없이는 들어가지 않을 곳이었다. 그러나 지금은 너무 어두웠다. 그리고 유인계에 나선 조선군의 숫자가 너무 적었다. 사가라군은 조선군의 특작부대가 침투해온 줄 아는 상황이었다.

계곡 깊숙이 들어온 사가라군을 보는 순간.

오응정이 벌떡 일어나 휘파람을 불렀다.

신호를 받은 병사들은 용염 도화선에 불을 붙였다.

그리곤 바위 뒤에 엎드려 양쪽 귀를 단단히 틀어막았다.

콰아앙!

귀청을 찢어발기는 폭음이 연속해 울리더니 나무와 흙, 돌조각이 계곡 가운데 있는 길 쪽으로 산사태처럼 쏟아져 내렸다.

계곡을 건너오던 사가라군은 산사태에 휩쓸려 계곡 밑

으로 굴러갔다. 살아남은 사가라군은 살아남기 위해 계곡
에 있는 샛길로 향했지만 그곳에는 이미 2연대가 매복해
있었다.

"쏴라!"

오응정의 명이 떨어지기 무섭게 총성이 어둠을 갈랐다.

사가라군은 올라오는 족족, 용아의 탄환에 맞아 비명을
질렀다.

"퇴각한다!"

오응정은 미련을 두지 않았다.

소기의 성과를 거둔 그는 바로 별동부대를 뒤로 물렸다.

더 많은 성과를 거두기 위해 미적대다가 오히려 적의 대
규모 본대에 둘러싸여 당하는 상황을 수 없이 목격했던 그
였다.

사가라 요리후사는 추격부대의 피해를 알아보기 위해, 그
리고 도망친 조선군을 추격하기 위해 직접 진채를 나섰다.
그러나 돌 더미에 깔려 신음하는 부하들만 있을 뿐이었다.

부하들을 공격한 조선군은 이미 사라진지 오래였다.

사가라 요리후사는 조선군의 습격사실을 즉시 중군에
있는 시마즈군과 좌군을 형성한 호소카와군에게 통보했
다. 호소카와군 역시 중신 카가야마 하야토가 조선군의 유
인계에 걸려 죽는 등, 상황이 말이 아닌지라, 벌집을 쑤셔
놓은 듯했다.

시마즈 다다쓰네는 병력을 갈라 좌군과 우군지원에 나섰다.

그러나 야간 작전은 위험했다.

더구나 공조작전이었다.

곧 아군을 적으로 오인해 벌어진 오인사격이 끊이질 않았다.

시마즈 다다쓰네가 당황해 어찌할 바를 모르는 사이.

경험 많은 시마즈군 가신들은 아군임을 표시하는 소리나, 암구호 등을 이용해 적아를 구분하는 방법을 쓰기 시작했다.

그러나 조선군의 기습은 더 이상 없었다.

호소카와군을 한 번, 사가라군을 한 번 노린 다음에는 더 이상 움직이지 않았다. 그러나 큐슈연합군은 휴식을 취하지 못했다. 허의 허를 노리는 게 병법의 기본인지라, 적의 공격이 없을 거라 안심했을 때야말로 가장 위험한 순간이었다.

그렇게 꼬박 밤을 새운 큐슈연합군은 다시 한자리에 모여 피해상황과 오늘 아침에 할 예정이었던 공격에 대해 상의했다.

시마즈 다다쓰네는 당장 공격했으면 하는 눈치였다.

호소카와군과 사가라군이 밤새 고생하기는 했지만 시마즈군은 좌우 양군에 비해 휴식을 꽤 취한지라, 체력이 쌩쌩했다.

시마즈 다다쓰네가 공격을 명하려는 찰나.

경험 많은 시마즈군 가신이 그런 다다쓰네를 말렸다.

그리고 다다쓰네를 설득해 오전공격을 오후로 돌렸다.

그 모습을 본 호소카와 타다오키는 시마즈 다다쓰네에게 큐슈연합군 주장을 넘긴 자신의 결정이 옳았단 생각이 들었다.

시마즈 다다쓰네는 믿음이 가지 않지만 시마즈군의 가신단은 믿을 만했다. 오다의 가신단, 도요토미의 가신단, 지금 패권을 쥔 도쿠가와의 가신단 모두 유명하지만 시마즈의 가신단 역시 그 못지않았다. 시마즈가 저런 가신단과 교토 가까운 곳에 있었다면 천하를 제패한 건 시마즈였을 것이다.

간이 배 밖으로 나온 조선군이지만 무모하지는 않았다. 날이 밝은 다음에는 나고야대본영에 들어가 전혀 움직이지 않았다.

오전에 휴식을 취한 큐슈연합군은 정오가 지나는 순간, 남쪽 공터에 일제히 집결하기 시작했다. 중군을 형성한 시마즈군이 먼저 중앙으로 이동했다. 질서가 정연한 움직임이었다.

중앙에 수가 가장 많은 시마즈군이, 그리고 그 좌우에 호소카와군과 사가라군이 위치했다. 깃발의 그림과 모양이 제각기 다른 게 큐슈연합군이라는 사실을 바로 알 수가 있었다.

나고야대본영 남문 성루에 있던 김시민은 고개를 한 번 저었다. 간밤의 기습으로 적에게 휴식을 주지 않은 것은 좋았다.

만약, 그런 상태로 오전 일찍 전투가 벌어졌다면 조선군 은 보다 쉽게 큐슈연합군을 상대할 수 있었을 것이다. 그 러나 큐슈연합군에도 인재들이 많은지 오전을 그냥 보내 버렸다.

별동대 기습작전은 반만 성공한 셈이었다.

김시민은 담담한 얼굴로 도열을 시작한 큐슈연합군을 보았다.

이런 기분은 임진왜란 이후 처음이었다.

진주대첩이라 불리는 회전을 치르는 동안, 왜군은 수만 명의 병력을 매일 동원해 그가 지키는 진주성을 떨어트리 려했다.

당시의 기분이 다시 살아났다.

3, 4만은 훌쩍 넘어 보이는 대군이 나고야대본영 앞 남 쪽 공터에 도열해있었다. 조총부대가 앞 열에, 장창부대 그 뒤에 있었다. 그리고 기병부대가 장창부대 양 옆에 떨 어져있었으며 무리를 지은 병력 사이엔 각 군의 가신들이 자리했다. 또, 공성을 위한 사다리차와 귀갑차가 군데군데 끼어있었다.

이를 본 전라사단 병력은 두려움을 느꼈다.

당연히 그럴 수밖에 없었다.

그들 대부분은 이런 규모의 전투를 치러본 적이 없었다.

임진왜란과 정유재란에 참전했던 경험 많은 병사들은 이런 저런 이유로 제대해 지금 있는 병사들은 실전경험이 적었다.

그러나 경험 많은 병사들이 전혀 없지는 않았다.

그 중 일부가 남아 장교로 임관하거나, 아니면 부사관으로 진급했다. 그들이 동요한 병사들을 진정시키기 위해 애썼다.

김시민은 포병대대장 이능한을 불러 명했다.

"사정거리에 들어오면 바로 포격을 개시하게."

"알겠습니다."

이능한은 돌아가 남벽 좌우에 배치한 열 개 포대에 신용란을 장전하라 명했다. 포병 병사들이 바삐 움직이기 시작했다.

이능한의 포병이 준비를 마치는 순간.

우렁찬 뿔피리 소리가 정적을 산산이 깨트렸다.

이는 왜군의 진격을 알리는 신호였다.

그 뒤에 바로 왜군이 진격을 시작했던 것이다.

왜군의 전술은 명확했다.

대나무방패를 든 조총부대가 먼저 성벽으로 접근해왔다.

성첩 사이에 머리를 내민 이능한은 관측장교를 불러 물었다.

"들어왔나?"

망원경으로 적진을 살펴보던 관측장교가 고개를 저었다.

이혼은 적진을 관찰할 도구가 필요하다는 포병 장교들의 의견에 동의했다. 그래서 이순신에게 만들어주었던 망원경을 몇 개 더 만들어 포병 관측장교에게 먼저 보급해주었다.

유리를 깎는 기술이 생각보다 어려워 많이 만들지는 못했지만 쓸 만한 렌즈가 나오는 대로 망원경에 넣어 보급에 나섰다.

관측장교가 망원경을 내리며 고개를 저었다.

"아직 입니다."

"사거리에 들어오면 바로 말하게."

이능한은 해 가리개를 만들어 적진을 살펴보았다.

흙먼지가 날려 정확한 위치를 알기 어려웠다.

망원경이 많다면 그 역시 하나정돈 받았겠지만 현실적으로 그럴 수가 없어 대대에 준 망원경을 관측장교에게 양보했다. 그보다는 관측장교가 망원경을 쓰는 게 더 이득이었다.

이능한과 관측장교 옆에 있던 포반장은 긴장한 눈으로

두 사람을 번갈아 쳐다보았다. 포병은 포반으로 이루어져 있었다. 사람 대신, 포가 중심인 부대라 이는 당연한 일이었다. 그리고 그 포를 운용하는 운용병력을 따로 포반이라 불렀다.

열 개의 야포가 있을 경우, 1포반, 2포반으로 부르는 식이었다. 또, 각 포반에는 경험 많은 부사관이나, 장교가 주로 맡는 포반장이 있었는데 이들이 전반적인 운용을 책임졌다.

포반장은 어제 이미 포의 각도를 고정해둔 터였다.

이 시기 야포는 요즘 사용하는 곡사포라기 보단 전차포처럼 직사화기에 가까워 포신의 각도가 중요했다. 포신의 각도가 크면 클수록 멀리 날아갔다. 이능한이 말한 사거리는 대룡포가 신용란을 발사할 수 있는 가장 긴 거리에 해당했다.

그때였다.

망원경으로 적진을 살피던 관측장교가 손을 올리며 소리쳤다.

"적이 사거리 안으로 들어왔습니다!"

그 말에 이능한은 바로 손에 쥔 수기를 흔들었다.

"쏴라!"

이능한의 손만 바라보던 포반장은 바로 격발장치를 당겼다.

그리곤 바로 뒤돌아 귀를 틀어막았다.

펑!

대룡포를 실은 포차가 들썩이며 신용란을 토해냈다.

병사들의 시선이 신용란이 떨어질 지점으로 향했다.

그 순간, 엄청난 폭음과 함께 진격해오는 시마즈군 가운데가 터져나갔다. 흙과 연기, 그리고 사람이 허공으로 솟구쳤다.

콰콰쾅!

다른 아홉 개의 포반 역시 신용란을 발사해 성벽으로 접근해오는 큐슈연합군 앞쪽을 포격했다. 수십 명이 나자빠지며 오와 열을 갖춘 상태로 전진해오던 진형이 깨져버렸다.

이능한은 수기 중에 파란색을 골라 좌우에 크게 흔들어보였다.

파란색은 재장전이었다.

이능한의 수기를 본 포반장이 소리쳤다.

"재장전해라!"

그 말에 귀를 막은 채 앉아있던 포병이 얼른 일어나 달렸다.

먼저 금고 손잡이처럼 생긴 약실손잡이를 반대쪽으로 돌려 풀었다. 약실폐쇄는 아주 중요했다. 약실을 제대로 폐쇄하지 않으면 포신이 폭발하거나, 불발이 날 위험이 있었다. 그리고 설령 제대로 날아간 경우라 하더라도 포구속도가 충분치 않아 더 일찍 땅으로 떨어지는 경우가 생길 수 있었다.

사실, 포신이 폭발하는 경우보다 더 일찍 땅으로 떨어질 경우가 더 위험했다. 포신이 폭발하면 포병만 다치지만 더 일찍 땅으로 떨어질 경우에는 아군 머리 위에 떨어질 가능성이 있었다. 그래서 이런 이유로 약실폐쇄가 무엇보다 중요했다.

이혼은 이를 위해 처음엔 고무패킹을 만들어 끼울 생각을 했다. 한데 가만 생각해보니 오히려 고무를 만드는 게 문제였다. 고무나무의 액을 채취해 고무로 만들려면 아열대기후인 지역을 찾아야하는데 조선에서는 불가능한 일이었다.

이혼은 하는 수 없이 고무패킹 대신, 가죽이나, 힘줄 등을 이용하는 방법을 고안해 약실폐쇄에 나섰다. 다행히 어느 정도 효과를 거두었는데 단점이 하나 있었다. 다섯 차례 이상 포격하면 가죽이 헤지거나, 힘줄이 끊어진다는 점이었다.

그리고 볼트에 너트를 끼우는 방식으로 약실과 약실 문을 연결했는데 이 방법이 아주 어려웠다. 전자동 밀링머신 없이 쇠를 깎아 규격에 맞는 홈을 만들려면 엄청난 수준의 정교함이 필요해 열 개를 만들어야 간신히 하나가 나올 정도였다.

포병이 사용하는 대룡포는 그런 과정들을 거쳐 나온 완성품이었다. 약실손잡이를 돌려 약실을 여는 순간, 코를 찌르는 화약 내음과 잔열, 그리고 연기가 밖으로 뿜어져 나왔다.

무연화약은 연기가 흑색화약보다 적다는 말이지, 연기가 아예 안 난다는 말은 아니었다. 가죽장갑을 낀 장전수가 안에 든 포탄 껍데기를 꺼내 뒤로 던졌다. 포탄에 든 장약이 터져 가스를 분출하는 식으로 포탄 발사가 이루어지는지라, 맨 손으로 껍데기를 잡으면 화상을 입을 위험이 있었다.

탄약수가 가져온 새 신용란을 장전수가 받아 약실에 장전했다. 그리곤 약실수가 바로 약실손잡이를 원래 방향으로 돌려 약실을 폐쇄했다. 그 사이 포반장은 약실을 제대로 밀폐했는지 살폈다. 밀폐에 성공했으면 포각을 다시 조정했다.

주퇴복좌기가 없는지라, 포는 한 번 쏠 때마다 조금씩 움직이기 마련이었다. 미리 고정해둔 포 역시 움직이긴 마찬가지였다. 그래서 포를 쏘기 전에 각도를 재조정해줘야 했다.

포각을 맞춘 포반장은 마지막으로 공이와 약실 사이에 격발장치를 끼워 넣었다. 격발장치를 당기면 약실과 공이 사이를 막아주던 철판이 밑으로 떨어지는데 그러면 자유를 얻은 공이가 튀어나와 약실 뒤에 있는 구멍을 바늘처럼 가격했다.

구멍 앞에는 신용란의 뇌관이 있어 뇌관에 있는 뇌홍이 터지며 장약에 불을 붙였다. 그리고 그 장약이 타며 만든 가스가 탄두 부분을 포구 밖으로 쏘아내는 방식으로 이뤄졌다.

발사 준비를 마친 포반장이 노란색 수기를 흔들었다.

그 모습을 본 이능한은 바로 녹색 수기를 흔들었다.

녹색은 발포를 뜻했다.

격발장치를 당긴 포반장이 뒤로 돌아서며 귀를 틀어막았다.

펑!

포성이 다시 한 번 성루를 때렸다.

그리고 신용란은 다시 한 번 왜군의 머리 위로 날아들었다.

2장. 피의 해자(垓字)

光海錄

2장. 피의 해자(垓字)

콰콰콰쾅!

우산살이 반대로 펴진 거처럼 땅바닥이 터져나갔다.

근처에 있던 왜군은 피를 흘리며 사방으로 나가떨어졌다. 신용란은 돌덩이와 다름없는 고체탄과 태생 자체가 달랐다.

신용란은 안에 신관이 들어있는 폭발형 유탄이었다.

화약무기, 특히 신관을 사용하는 화약무기의 폭발반경은 항상 사람의 예상보다 훨씬 넓기 마련이었다. 이쯤이면 피할 수 있겠지 하는 곳이 폭발반경 안에 있을 확률이 아주 높았다.

폭심 가까이 있던 왜군은 원래 형체를 제대로 알아보기

조차 어려운 상황이었다. 그리고 5미터 반경 내에 있던 왜
군은 형체를 알아볼 순 있지만 거의 즉사에 가까운 중상을
입었다.

5미터밖에 있던 왜군은 운과 거리에 비례해 중상이나,
경상을 입었는데 그 역시 전투를 다시 치르기엔 힘든 상태
였다.

열 발의 신용란이 밀집해있는 큐슈연합군 선두에 작렬
했다.

처음 포격에는 그런대로 다시 수습이 가능했지만 두 번
째 포격을 받은 후에는 통제임무를 맡은 가신단마저 흔들
렸다.

특히, 사가라군이 맡은 우군이 크게 흔들렸는데 시마즈
군 가신들이 도와준 덕분에 와해위기는 간신히 넘길 수 있
었다.

하지만 사가라 요리후사는 체면을 잔뜩 구겼다.

사가라군의 동요를 해결하지 못해 다른 가문의 손을 빌
렸으니 그럴 만도 하였다. 후방에 있던 시마즈 다다쓰네는
임시 설치한 망루에 올라가 살펴보다가 군선으로 벽을 후
려쳤다.

"왜 이렇게 꿈지럭대는 거요? 저러다 다 당해버리겠소!"

시마즈가문 중신 아카스카 신켄이 화들짝 놀라 급히 조
언했다.

"조선군 포격에 놀라 속도를 높이면 함정에 당할 수 있습니다!"

그때, 조선군 포병이 세 번째 포격을 해왔다.

귀청을 찢는 포성이 들리더니 새하얀 항적이 허공을 갈랐다.

그리고 뒤이어 흙과 연기가 비산하더니 왜군이 비명을 지르며 뒹굴었다. 이번에는 포탄이 큐슈연합군 가운데 떨어져 막대한 피해를 입혔다. 장창을 든 병사들이 태풍에 휩쓸린 벼처럼 폭심 반대방향으로 쓰러져갔다. 이를 지켜보던 시마즈 다다쓰네의 눈에 핏발이 서기 시작했다. 이러다간 조선군과 얼굴을 맞대기 전에 포격으로 다 죽을 판이었다.

시마즈 다다쓰네가 아카스카 신켄에게 소리쳤다.

"하, 천천히 진격하는 바람에 적의 포격을 돌아가며 다 맞는군!"

아카스카 신켄이 흥분한 시마즈 다다쓰네를 말렸다.

"고정하십시오. 이는 어쩔 수 없는 희생입니다."

"가는 도중에 다 죽어버리면 무슨 수로 공성을 한다는 말이오?"

"그렇지 않습니다. 전국(全局)을 냉정히 보십시오. 이 정도에 겁을 내시면 공성이 불가능합니다. 가신단을 믿어주십시오."

시마즈 다다쓰네가 아카스카 신켄을 노려보았다.

"지금 나를 가르치는 것이오?"

그 말에 한숨을 내쉰 아카스카 신켄이 물었다.

"영주님께선 저희들이 어찌 하길 원하십니까?"

불쾌한 표정의 시마즈 다다쓰네가 소리쳤다.

"그대들은 시마즈의 가신이요! 한데 선대 영주의 원한을 갚는 일에 이리 미적거리다니 난 정말 실망을 감출 길이 없소!"

시마즈 다다쓰네의 말에 가신들이 일제히 부복했다.

아카스카 신켄이 대표로 입을 열었다.

"저희들이 어찌 선대 영주님의 원한을 잊을 수 있겠습니까. 저희 가신들 역시 부모와 자식이 어딘지조차 모르는 조선 땅에 묻혀 돌아오지 못했습니다. 피눈물이 나는 일이지요. 하지만 원한에 눈이 멀어 일을 처리하다간 더 많은 피눈물을 흘릴 것입니다. 부디 신들의 충정을 헤아려주십시오."

"듣기 싫소!"

소리친 시마즈 다다쓰네는 직접 전장에 있는 시마즈가의 가신들에게 속도를 높이라 명했다. 아카스카 신켄 등 시마즈 다다쓰네를 보좌하던 중신들이 이를 막을 방법은 없었다.

잠시 후, 명을 받은 시마즈군이 속도를 높이기 시작했다.

대나무방패를 앞세워 전진하던 조총부대를 시작으로 그 뒤에 있는 장창부대와 궁병대, 그리고 기병 등이 모두 속도를 높였다. 중군을 형성한 시마즈군이 속도를 높이니 그 날개에 있던 좌군과 우군 역시 같이 속도를 높일 수밖에 없었다.

왜군의 진격속도가 빨라졌다.

조선군은 그 사이 네 번째 포탄을 발사했지만 큐슈연합군 후방에 떨어져 큰 피해를 입진 않았다. 그 모습을 본 시마즈 다다쓰네는 마치 이것보라는 얼굴로 가신들을 쳐다보았다. 그러나 아카스카 신켄 등은 어두운 표정을 지우지 못했다.

성벽과의 거리가 100여 미터로 줄었을 무렵.

먼저 활을 쏘는 궁병부대가 멈춰 화살을 쏘기 시작했다.

허공으로 높이 솟아오른 화살이 비행하다가 일제히 떨어졌다.

왜군은 여전히 원거리공격부대로 조총과 활을 혼합 편성했다.

궁병부대가 엄호하는 사이, 대나무방패를 앞세운 조총부대가 성벽으로 접근했다. 조총 유효사거리 안으로 들어가려면 거리를 좁혀야했다. 왜군 역시 조총 연구를 통해 효율적인 전술을 찾아낸지라, 100미터 밖에선 효과가 없음을 알았다.

조총부대가 80미터 안으로 진입하는 순간.

선두를 이끌던 시마즈군의 가신 하나가 바닥을 디디려
는데 갑자기 발밑이 뻥 뚫려있는 거처럼 밑으로 푹 꺼져버
렸다.

그리곤 뒤이어 툭 하는 소리가 들렸다.

마치 절대 밟으면 안 되는 곳을 밟은 느낌이었다.

가신의 시선이 발밑으로 떨어지는 순간.

몸이 위로 붕 뜨며 화염과 흙이 치솟았다.

가신은 온 몸이 뜨거워진다는 느낌을 받음과 동시에 의
식이 끊어졌다. 그에겐 다행스런 일이었다. 폭발의 충격이
의식을 잃은 그의 몸을 갈기갈기 찢어 허공에 뿌려버린 것
이다.

콰쾅!

조선군 공병대대가 매설한 용조에 큐슈연합군 앞 열이
무너졌다. 발밑에 지뢰가 있다는 사실을 안 왜군은 사방으
로 도망쳤다. 가신들이 어떻게 해서든 진형을 갖추려 노력
했지만 불가능했다. 보이지 않는 공포란 괴물이 일대를 지
배했다.

사방으로 흩어지던 왜군은 결국 다른 용조를 밟았다.

콰콰쾅!

마치 용조가 연폭하듯 연달아 터지며 근처의 왜군을 집
어삼켰다. 아무리 뛰어난 군대도 그런 공격 앞에선 냉정을

찾기 힘들었다. 시마즈군 역시 뿔뿔이 흩어져 자멸하기 시
작했다.

왜군은 자신들이 스스로 도화선역할을 했다.

당황한 상태로 지뢰지대에 뛰어들어 용조를 격발시킨
것이다.

그리고 더 많은 용조가 터질수록 혼란은 가중되었다.

악순환의 연속이었다.

우선 자신이 밟은 땅은 안전하다는 생각을 해야 했다.

안전하지 않다면 지금 두 발로 서있지 못했을 테니 당연
한 일이었다. 그러나 그 당연한 일마저 두려움 앞에선 소
용없었다. 왜군은 안전한 장소를 나와 위험한 장소로 돌진
했다.

그렇다고 뒤로 돌아갈 순 없었다.

뒤에는 조선군의 포격 사거리였다.

용조만큼 무서운 게 조선군의 포격이었다.

왜군은 지뢰지대와 포격 사거리에 갇혀 놀란 양떼처럼
사방으로 뛰어다녔다. 그리고 용조가 터지면 반대편으로
달렸다.

시마즈 다다쓰네는 눈을 부릅떴다.

숫제 눈이 밖으로 튀어나올 지경이었다.

핏발선 눈은 혈관이 다 터졌는지 피눈물이 흘러내릴 듯
했다.

시마즈 다다쓰네의 시선이 아카스카 신켄 쪽으로 돌아갔다.

"저, 저게 대체 뭐, 뭐요?"

"조선군은 땅 밑에 화약을 넣은 종지를 묻어두는데 그걸 밟으면 지금처럼 폭발합니다. 저들은 그걸 용조라 부르더이다."

"어, 어떻게 막아야하오?"

"일회성무기입니다. 저게 폭발한 장소는 안전하다는 말이니 그 쪽으로 병력을 움직여야 피해를 최소화할 수 있습니다."

"그 사실을 빨리 가신들에게 알려주도록 하시오."

시마즈 다다쓰네의 말에 아카스카 신켄이 고개를 절래절래 저었다.

"다들 아는 사실입니다."

"한데 어찌 당하는 것이오?"

아카스카 신켄이 괴로운 표정으로 대답했다.

"그 안에선 냉정을 찾기가 아주 힘들기 때문입니다."

그 말에 더 놀란 시마즈 다다쓰네게 급히 물었다.

"하면 방법이 없다는 말이오?"

"저희들이 어떻게든 해보겠습니다."

그 말을 남긴 아카스카 신켄 등 시마즈군의 주요 중신들은 바로 각자 말에 올라 혼란스러운 전장으로 급히 달려갔다.

아카스카 신켄은 경험이 많은 사람이었다.

사쓰마를 통일한 시마즈가문이 큐슈남부를 제패하는 데 있어 그의 공을 빼놓고 말하기가 어려울 지경이었다. 그리고 시마즈가 큐슈통일을 목전에 두었을 때도 누구 못지않은 공을 세웠다. 임진년에 시마즈 요시히로가 도요토미 히데요시의 명을 받아 조선에 출병했을 때 역시 시마즈 요시히로, 시마즈 히사야스 두 부자와 함께 조선 해안에 상륙했다.

한데 예상치 못한 일이 발생했다.

시마즈가문의 후계자였던 시마즈 히사야스가 병사한 것이다.

시마즈가문 가주 시마즈 요시히사 슬하엔 딸만 있었다. 그래서 둘째인 시마즈 요시히로의 차남 시마즈 히사야스와 요시히사의 딸을 정략 결혼시켜 시마즈가문의 후계자로 삼았는데 거제도란 섬에서 덜컥 병에 걸려 그대로 죽어버린 것이다.

시마즈 요시히사와 요시히로형제는 같은 방법을 되풀이했다. 정략 결혼시켰던 딸과 요시히로의 셋째 아들인 다다쓰네를 다시 결혼시켜 시마즈가문의 후계자로 삼으려 한 것이다.

시마즈 요시히로는 임진왜란 중에 죽은 히사야스를 생각해 정유년에 다시 쳐들어갈 때는 후계자인 다다쓰네를 조선에 데려가지 않았다. 그리고 본국에 남은 다다쓰네를 가르치며, 보필하는 측근 가신으로 아카스카 신켄 등을 임명했다.

아카스카 신켄은 시마즈 요시히로가 후계자 교육을 맡길 만큼 능력이 뛰어났다. 그리고 그 능력을 바로 발휘해 보였다.

미친 말처럼 날뛰던 병력을 빠르게 수습해 진형을 갖추기 시작했다. 이는 정말 어려운 일로 쉽지 않은 일을 해낸 셈이었다. 아카스카 신켄은 시마즈군을 지휘해 성벽으로 접근했다. 시마즈군이 중심을 잡으니 같이 흔들렸던 호소카와군과 사가라군 역시 다시 진형을 추슬러 공성공격에 나섰다.

시마즈군을 단숨에 휘어잡은 아카스카 신켄은 피해가 큰 부대를 앞으로 내몰았다. 당연히 용조매설지대에 들어간 일부병력이 다시 피해를 입었으나 전처럼 흔들리지는 않았다.

아카스카 신켄은 부하들을 희생시켜 용조매설지대를 돌파했다.

무식하지만, 잔인하지만, 아주 효과적이었다.

이미 거의 와해당한 부대로 본대가 지나갈 길을 뚫어버렸다.

지뢰가 깔려 있는 곳에 들어갈 사람은 없었다.

그러나 왜군은 영주 중심으로 가신이 병력을 지휘하는 형태의 부대였다. 어떤 명령이든 불복종은 절대 용서하지 않았다. 왜군은 불복종한 병사를 베어가며 그렇게 길을 돌파했다.

용조매설지대를 돌파한 큐슈연합군은 마침내 조총사거리에 들어가 대나무방패를 세웠다. 그리고 그 위에 조총을 걸쳐 엄호사격을 가하기 시작했다. 본격적인 공성의 시작이었다.

한편, 반대편 입장에 서있던 김시민 역시 바로 공격을 명했다.

용조매설지대에 들어온 왜군을 상대로 용아나, 죽폭을 재차 사용하는 것은 낭비였다. 김시민은 으레 그렇듯 침착하게 기다렸다. 그리고 용조지대가 뚫리는 순간, 총공격을 명했다.

류조지군이 공격해왔을 때는 적을 성벽 깊숙이 끌어들였다.

그러나 지금은 그럴 수 없었다.

류조지군은 5천 병력을 거의 반씩 나눠 따로 공격해왔지만 이번에 큐슈연합군이 동원한 병력은 거의 3만에 이르렀다.

3만에 이르는 병력을 깊숙이 끌어들이면 오히려 아군이 그 수에 밀려 뚫려버릴 수 있었다. 그런 관계로 지금은 온갖 수단을 다 동원해 적의 수부터 줄이는 게 관건인 상황이었다.

고개를 내민 전라사단 병사들이 용아로 사격을 가했다.

그리고 죽폭에 불을 붙여 접근한 왜군 머리 위에 투척했다.

펑펑펑!

심지를 짧게 자른 죽폭이 땅에 떨어지기 전에 폭발했다.

그 밑에 있던 왜군이 피를 흘리며 나자빠졌다.

"화차를 투입해라!"

김시민의 말에 화차가 성첩 위에 올라가 탄환을 쏟아 부었다.

화차가 불을 뿜을 때마다 피가 비처럼 흘러내렸다.

김시민은 성벽 밑을 내려다보았다.

화차를 앞세운 보병의 공격은 어느 정도 통한 듯했다.

왜군이 동원한 1차 병력은 거의 와해직전이었다.

김시민의 고개가 성벽 밑을 지나 더 남쪽으로 내려갔다.

함성이 울리더니 왜군의 2차 공성병력이 전진해오기 시작했다.

그리고 2차 공성병력은 1차와 달리, 공성병기를 대동했다. 성벽 공성용 사다리차 10대와 대형 귀갑차가 눈에 들어왔다.

대형 귀갑차는 남쪽 성문으로, 사다리차는 성벽으로 접근했다.

김시민은 급히 포병대대장 이능한에게 물었다.

"포병의 준비는?"

"약실폐쇄장치를 교환하는 중이라 시간이 조금 더 필요합니다!"

"서둘러주게!"

"예, 장군!"

이능한은 부하들에게 찢어진 약실폐쇄장치를 빨리 교체한 다음, 포각을 낮추라 명했다. 포각을 낮춰야 성벽에 접근한 왜군을 포격할 수 있었다. 지금 각도로는 아까와 달리 사람이 없는 벌판에 포탄이 떨어지기에 포각 조정이 필수였다.

포병이 준비하는 동안에는 오로지 보병의 힘만으로 적을 격퇴해야 했다. 김시민은 거의 눈앞에 다가온 적의 공성병기를 바라보았다. 거인처럼 보이는 사다리차가 곧 손이라 할 수 있는 사다리를 뻗어 공성해올게 분명한 상황이었다.

고개를 끄덕인 김시민은 공병대대장을 불렀다.

그 즉시, 사단 직할대 소속인 공병대대의 대대장이 올라왔다.

"용조매설은 아주 잘 했네. 덕분에 시간을 많이 벌었어."

"과찬이십니다."

"용염은?"

"어제 작업을 마쳤습니다."

"그럼 바로 터트리게."

"예, 장군."

대답한 공병대대장은 급히 성루 밑으로 내려와 성벽에 흩어져있는 공병대원에게 어제 설치해둔 용염을 터트리라 명했다.

잠시 후, 도화선이 타들어가며 왼쪽성벽부터 차례로 설치해둔 용염이 터지기 시작했다. 성벽으로 접근해오던 왜군이 용염이 뿜어낸 화염과 쇠구슬에 휩쓸려 바닥을 나뒹굴었다.

엄청난 위력이었다.

성루 위에 있던 김시민은 지축이 흔들리는 느낌에 급히 성벽을 잡았다. 뒤이어 귀를 찢는 폭음이 들려왔다. 왼쪽 성벽, 남문 성루, 오른쪽 성벽이 차례대로 터져나가는 느낌이었다.

김시민은 급히 성루 밑을 내려다보았다.

끼이이익!

성벽으로 접근하던 사다리차 넉 대가 굉음을 내며 거목이 쓰러지듯 옆으로 기울기 시작했다. 사다리차 하나는 옆으로 쓰러지다가 다른 사다리차 옆을 들이박았다. 곧 먼지와 나무 파편이 솟구치며 한 뭉텅이로 뭉친 사다리차 두

대가 쓰러지며 일대에 있던 왜군 수십 명을 통째로 삼켜버렸다.

용염의 위력에 소름이 돋을 지경이었다.

김시민은 화약이란 물건이 참으로 무섭다는 생각이 들었다.

이혼이 분조를 이끌기 전까지 화약은 빛 좋은 개살구에 불과했다. 화약이 가진 무궁무진한 위력은 모두 아는 터였다. 그렇지 않았다면 굳이 비싼 비용을 들여 화약으로 발사하는 총통을 만든 다음, 성채나, 전선에 설치하지 않았을 것이다.

그런 화약이 빛 좋은 개살구에 불과했던 이유는 비용에 있었다. 다른 지역엔 초석이라 불리는 거의 천연에 가까운 화약재료가 있긴 하지만 조선은 복잡한, 그리고 수율(收率)이 좋지 않은 방법으로 초석에 해당하는 염초를 생산해야했다.

화약은 그 염초에 숯, 유황을 혼합해 만들었다.

혼합하는 비율은 중국이 먼저 알아냈는데 한반도에선 고려의 최무선이 이를 알아낸 덕분에 후손들이 그 덕을 보았다.

염초 제조방법은 아주 어려웠다.

염초의 주성분에 해당하는 질산칼륨을 만들기 위해선 낡은 집의 부뚜막, 마루 밑, 담벼락 아래, 온돌 밑의 흙을

채취한 다음, 그 안에 사람의 소변을 섞어 가공을 거쳐야
했다.

이런 과정을 거치니 일단 재료를 찾는 일부터 힘들뿐더
러, 찾더라도 실제 생산하는 염초의 양이 적을 수밖에 없
었다.

조선은 중국 등을 제외하면 화약을 가장 빨리 받아들인
국가였지만 그 발전은 아주 느린 편이었다. 조선의 총통
중 가장 큰 총통은 천자총통이었으나 화약이 많이 들어간
다는 이유로 사용을 기피해 지차와 황자가 주력으로 자리
했다.

모두 화약이 비싼데다 생산하기가 어려웠던 탓이었
다.

한데 이혼이 이런 상황을 완전히 뒤집어버렸다.

조금 과장해 말하면 하룻밤 사이에 천지가 개벽했다.

이혼은 들어본 적, 아니 생각해본 적조차 없는 기계를
만들어냈다. 복잡한 과정을 거쳐 만들어내던 염초를 바로
생산하는 기계였다. 이 기계덕분에 지금의 조선이 있는 거
나 다름없었다. 이혼은 기계로 만든 염초에 숯과 유황을
적당히 섞어 화약을 만들었다. 그리고 그 화약을 바탕으로
근위군을 무장시켜 무쌍무비(無雙無比)의 강군을 만들어
내었다.

또, 기계로 만든 염초에 몇 가지 재료를 섞어 비료를 만

들어냈다. 그리고 그 비료를 농가에 보급해 농가생산량을 엄청나게 끌어올렸다. 지금 조선이 누리는 풍요는 그 비료 덕분이었다. 비료가 없었다면 지금까지 후유증에 시달렸을 것이다.

오늘 쏟아 부은 화약의 양은 1000관이 넘었다. 1관이 3.75킬로그램이니 3750킬로그램이 넘는 화약을 사용한 셈이었다. 그리고 앞으로 사용할 화약 역시 그 정도일 것이다. 전에는 상상할 수 없는 양의 화약을 사용할 수 있는 것이다.

방금 사용한 용염에 들어간 화약만 500킬로그램이 넘었다. 더구나 예전에 사용하던 연기 많은 화약이 아니었다. 연기가 나긴 하지만 그보다는 덜한 화약으로 위력 역시 강해졌다.

용염의 폭발로 흔들리던 성벽이 점차 안정을 찾아갔다.

김시민은 성첩 밖으로 고개를 내밀었다.

왜군의 피해는 엄청났다.

성벽 가까이 붙어있던 보병 수백 명이 바닥에 쓰러져있었다.

마치 누가 시계를 멈춘 거처럼 정적이 찾아왔다가 갑자기 평소보다 더 빨리 돌아가는 거처럼 엄청난 변화가 일어났다.

뒤에 있던 왜군이 앞으로 나와 신음하는 부상병을 뒤로 후송했다. 시신은 너무 많아 처리하기가 힘든 상황이었다. 우선 부상병부터 뒤로 옮겨 전장을 정리하려 노력했다. 불이 난 사다리차에서는 시커먼 연기가 올라와 성벽을 뒤덮었다.

고함과 비명, 신음소리가 뒤섞여 귀를 먹먹하게 하였다.

두려운 듯 성벽을 응시하던 왜군은 이젠 용렴이 없다는 사실을 깨달았는지 다시 공성을 개시했다. 남은 사다리차 여섯 대가 성벽에 접근하더니 사다리를 묶은 밧줄을 잘라냈다.

부웅!

사다리 끝이 거의 반 바퀴를 돌아 성첩 위에 떨어졌다.

쿠웅!

돌가루가 조선군 철모에 후드득 떨어졌다.

1연대장 김경로가 쩌렁쩌렁 목소리로 고함쳤다.

"죽폭을 사다리차 안에 던져 넣어라!"

사다리가 내려오기 전의 사다리차는 네모난 탑이나 마찬가지였다. 밖으로 드러난 구멍이 없어 죽폭을 던질 곳이 없었다.

그러나 사다리가 내려오면 상황이 달라졌다. 탑에 문이 뚫린 것이다. 문은 병력을 사다리 쪽으로 내보낼 수 있지만 반대로 농성군이 사다리 안에 무기를 던져 넣을 수가 있었다.

3대대 병사들은 사다리를 건너오는 왜군에게 사격을 가했다.

왜군이 피를 뿌리며 바닥으로 떨어졌다. 등에 꽂은 깃발, 즉 사시모노에는 시마즈가문을 의미하는 열십자모양이 있었다.

사다리에 일제사격을 가하는 사이, 몸을 밖으로 내민 각 소대 척탄병들이 불을 붙인 죽폭을 사다리차 입구에 힘껏 던졌다.

척탄병 중 한 명은 사다리차 안에서 쏜 조총 탄환에 맞아 성벽 뒤로 떨어졌다. 그러나 나머진 죽폭을 제대로 던졌다.

죽폭이 사다리차 안으로 날아갔다.

그러나 확실히 류조지군보다는 시마즈군 대비가 더 철저했다.

사다리차 입구에 방패를 둘러 죽폭이 사다리차 안으로 들어오는 것을 막은 것이다. 방패에 막혀 밑으로 떨어진 죽폭이 터지며 사다리차 밑에 있던 왜군이 애먼 피해를 입었다.

어쨌든 원래 목적은 실패한 셈이었다. 사다리차는 아직 멀쩡했다. 방패 사이를 빠져나온 왜군이 성첩에 걸어놓은 사다리를 건너오기 시작했다. 사다리차에선 그런 왜군을 보호하기 위해 조총이나, 활 등을 쏘며 엄호에 나섰다. 조총 탄환이 성첩에 박히며 돌가루가 유탄처럼 사방으로 비산했다.

1연대장 김경로가 탄띠에 찬 용미를 뽑으며 소리쳤다.

"착검하라!"

김경로의 명에 병사들은 탄띠 옆에 달아놓은 총검을 뽑아 용아 총구에 부착했다. 총검의 길이는 50센티미터가 넘었다.

용아의 길이에 총검의 길이를 더하면 장창보단 못하지만 어느 정돈 쓸 만한 백병전 무기로 바뀌었다. 김경로는 사다리를 지나 성벽으로 내려서는 왜군 상체에 용미를 겨누었다.

왜군의 손에는 단창이 들려있었다.

성벽처럼 좁은 곳에선 장창보단 단창이 더 편했다.

장창을 쓰기엔 성벽 공간이 좁았다.

잘못 사용하면 장창 한쪽 끝이 성첩에 걸렸다.

용미는 권총의 초기형태보다 조금 나은 수준의 개인화기였다.

방아쇠를 당기는 순간, 격침을 잡아주던 장치가 뒤로 튀어나갔다. 그리고 자유로워진 격침은 휘어진 대나무가 펴지듯 곧장 앞으로 날아가 약실 뒤에 있는 구멍을 힘껏 때렸다.

탕!

용미의 총구를 떠난 탄환이 왜군의 앞가슴에 명중했다.

거리가 3미터에 불과한지라, 빗나갈 확률은 크지 않았

다. 머리나, 허벅지처럼 특수한 부위를 노린다면 모르겠지만 면적이 가장 넓은 가슴을 노렸을 경우엔 명중확률이 높았다.

물론, 용아와 용미의 명중확률엔 엄청난 차이가 있었다.

용아는 총신이 1미터가 넘지만 용미의 총신은 아주 짧았다. 총신이 길수록 탄환의 궤도가 안정된다는 점을 볼 때 용아는 강선을 따라 회전한 탄환이 일정하게 날아갔다. 반면, 총신이 짧은 용미는 저항을 많이 받아 궤도가 불안정했다.

그리고 명중확률보다 더 큰 차이가 있었는데 용미가 용아에 비해 저지력이 훨씬 떨어졌다. 저지력은 상대를 저지하는 힘, 즉 무력화시키는 힘이었는데 용아로 쏜 경우에는 탄두가 크기 때문에 무력화시키는 힘이 강한 반면, 용미는 용아에 비해 탄두가 작기 때문에 상대를 무력화시키지 못했다.

지금 왜군이 그 증거였다.

용미로 쏜 탄환을 가슴에 맞았지만 쓰러졌다가 다시 일어났다.

저지력이 약한 탓이었다.

김경로는 탄입대를 열어 새 탄환을 꺼냈다.

용아에 사용하는 탄환보다 작은 용미용 탄환이었다.

이어 양 손으로 용미 손잡이와 총구 양쪽을 잡아 힘을 주었다.

철컥하는 소리가 들리더니 약실 부분으로 밖으로 드러났다.

약실이 밑으로 가게 만들어 빈 탄피를 배출한 다음, 새 탄환을 재빨리 집어넣어 약실을 다시 닫았다. 그때, 비틀거리며 걸어오던 왜군이 성벽에 내려서더니 수중의 창을 찔러왔다.

창날이 반사한 햇빛이 김경로의 눈을 찔러왔다.

가슴갑옷에 탄환이 박힌 자국이 역력한 왜군은 핏발이 잔뜩 선 눈으로 입매를 일그러트린 채 김경로의 눈을 쳐다보았다.

내찌른 창극이 김경로의 가슴에 거의 닿았다.

군복 위에 철판을 넣은 방탄조끼를 입었지만 강한 충격을 받는다면 관통은 피할 수 있을지 몰라도 균형을 잡긴 어려웠다. 그리고 균형을 잡지 못한다면 후속타를 피하지 못했다.

그리고 그 때는 방탄조끼가 목숨을 구해주지 못했다.

그 순간, 밑으로 내렸던 팔을 그대로 올린 김경로가 오른손에 쥔 용미로 왜군의 이마를 겨누었다. 거리는 1.5미터였다. 빗나간다는 생각은 하지 않은 채 방아쇠를 빠르게 당겼다.

그리고 그와 동시에 왜군의 창이 가슴을 찔렀다.

푹!

비틀거린 김경로는 다리에 힘을 준 채 고개를 밑으로 내렸다.

방탄조끼를 감싼 가죽이 창극에 잘려 나풀거렸다.

김경로의 시선이 다시 위로 향했다.

그가 용미를 발사한 왜군은 왼쪽 귀가 반 이상 찢겨있었다.

이마를 조준했지만 창에 찔리며 총구가 옆으로 돌아간 것이다.

고통이 이만저만 아닐 텐데 왜군은 개의치 않는 듯 창을 쥔 손에 힘을 더 주었다. 그리곤 김경로를 밀어내기 시작했다.

그때였다. 둔탁한 소리가 들림과 동시에 왜군이 비틀거리며 한쪽 무릎을 꿇었다. 뒤통수를 맞았는지 투구 속에서 피가 주르륵 흘러내렸다. 그때, 부관이 개머리판으로 무릎을 꿇은 왜군의 정수리를 내리쳤다. 다시 한 번 파열음이 들리더니 왜군이 모로 쓰러졌다. 그리곤 더 이상 움직이지 않았다.

부관이 비틀거리는 김경로의 팔을 급히 잡았다.

"괜찮으십니까?"

"전황은?"

"위험합니다. 연대본부까지 적이 돌파했습니다."

김경로는 그 말에 주위를 둘러보았다.

좌우에 넓게 펼쳐져있는 그의 부하들이 고전하는 중이었다.

성벽이 워낙 넓어 지켜야하는 곳이 많았다.

그리고 적의 숫자가 많아 인원부족을 겪는 중이었다.

"앗, 위험합니다!"

부관이 연대본부로 쳐들어온 왜군에게 착검한 총검을 찔러갔다. 연대장의 부관은 아무나 뽑는 게 아니었다. 똑똑하며 신체 건강한 병사를 뽑는지라, 솜씨가 아주 번개 같았다.

칼을 휘두르던 왜군은 총검에 찔려 쓰러졌다.

그러나 뒤이어 쳐들어온 왜군이 그런 부관에게 단창을 찔렀다.

"이런!"

총검을 찌르느라, 허점이 드러났던 부관의 얼굴에 다급한 빛이 지나갔다. 그때였다. 어느새 장전을 마친 김경로가 다가와 용미로 단창을 찌르는 왜군의 옆구리에 총을 발사했다.

옆으로 쓰러진 왜군은 성첩 모서리에 옆머리를 부딪쳤다. 김경로는 발로 왜군의 턱을 걸어차 아예 움직이지 못하게 만들었다. 성첩까지 전진한 김경로는 주변을 둘러보았다.

그의 부하들은 2인 1조로 왜군을 상대했다.

작년 겨울부터 올해 봄까지 단내가 날만큼 훈련한 전술이었다.

왜국 원정에 앞서 장시간에 걸친 전략회의가 열렸다.

그리고 회의 동안, 왜국이 자랑하는 백병전을 막는 전술에 대한 연구가 같이 이뤄졌다. 그 결과, 지금의 2인 1조전술이 만들어졌다. 전술을 만든 다음에 항왜연대를 상대로 시험해본 결과, 만족할 만한 성과가 나와 교육에 들어갔다.

조선의 보병은 각종 특수병과를 제외하면 한 가지 보직밖에 없었다. 바로 소총병이었다. 주특기번호로 하면 1111이었다.

소총병의 기본 무장은 말 그대로 소총, 즉 제식화기로 사용하는 용아였다. 그 외에 부무장이라 할 수 있는 것은일부 장교들이 착용한 용미와 수류탄용도로 쓰는 죽폭정도였다.

그런 상태로 백병전에 능한 왜군과 근접전투를 벌이는것은 위험했다. 철모와 방탄조끼 등을 입었다곤 하지만 그게 전신을 가려주지는 못했다. 착검한 총으로 허술히 상대하다간 왜군의 왜도와 장창에 당할 가능성이 아주 높은 편이었다.

그 결과 총검술이 생겨났다.

말 그대로 착검한 총을 검처럼 휘두르는 무예였다.

그리고 그 뒤에 나온 게 2인 1조 전술이었다.

조선 군대에서는 이를 상조술(相助術)이라 불렀다.

상조술의 기본 골자는 말 그대로 두 명이 돌아가며 싸우는 것이었다. 한 명이 착검한 총검을 이용해 적을 막는 동안, 다른 한 명은 용아를 다시 장전해 적을 쏘는 방식이었다.

지금까지는 그 상조술이 잘 먹혔다.

근처에 있던 병사 하나가 착검한 용아를 미친 사람처럼 휘둘렀다. 총검술을 배웠지만 실전과 훈련은 엄연히 달랐다. 훈련할 때는 박수가 절로 나올 만큼, 절도가 있었지만 지금은 그저 살기 위한 몸부림에 더 가까웠다. 그 사이, 등 뒤에 있던 다른 병사가 용아를 장전해 침입해온 왜군을 쏘았다.

비명을 지른 왜군은 피를 허공에 뿌리며 넘어갔다.

용아로 발사한 탄환을 근거리서 맞을 경우, 두꺼운 갑옷으로 몸을 방어해도 관통당하기 마련이었다. 그래서 총이 본격적으로 등장한 후에는 갑옷을 입은 기사들이 사라졌던 것이다.

두꺼운 갑옷을 입더라도 탄환에 관통 당하는데 굳이 그 무거운 걸 착용한 채 싸울 이유가 없었다. 그리고 그 다음에 등장한 게 전열보병처럼 갑옷을 입지 않은 근대식 군대였다.

상조술이 제대로 먹히며 성벽은 일단 소강상태를 맞이했다.

그러나 말 그대로 소강상태일 뿐이었다.

성벽을 내어주지만 않았을 뿐이지, 왜군을 밀어내진 못했다.

김경로는 성벽 밖으로 고개를 내밀었다.

부관이 소리쳤다.

"위험합니다!"

그도 그럴 게 성벽 밑의 왜군이 조총으로 성첩을 조준해 쏘는지라, 잘못하다간 그대로 불귀의 객 신세가 될 수 있었다.

그러나 김경로는 말을 듣지 않았다.

계속 고개를 내밀어 성벽 밑을 보았다.

성벽 밑에는 수천 명의 왜군이 사다리차를 중심으로 모여 있었다. 그리고 마치 맷돌에 콩을 가는 거처럼 조금씩 사다리차 안으로 병력을 밀어 넣었다. 그 병력이 사다리차의 계단을 올라온 다음, 마지막으로 사다리를 건너오는 것이다.

아무리 생각해도 지금 전황을 바꿀 수 있는 방법은 저 통로 자체를 없애는 수밖에 없었다. 그리고 그 통로란 사다리차였다. 김경로는 부하들에게 명해 사다리차를 공격하게 하였다. 류조지군의 사다리차는 벽을 가죽이나, 천으로 만든지라, 용아를 쏘면 구멍이 뻥뻥 뚫렸다. 그러나 시마즈군의 사다리차는 가죽 안에 철판을 덧대어 관통할 수가 없었다.

"죽폭의 심지를 잘라 던져라!"

김경로의 명을 받은 병사들은 탄띠 어깨끈에 매달린 죽폭을 떼어내 심지를 잘랐다. 그리고 불을 붙여 사다리차에 던졌다.

심지를 자른 만큼 던지는 쪽에 여유가 더 없었다.

바로 던지지 않으면 적이 아니라, 본인이 터져나갔다.

허공을 빠르게 가른 죽폭이 사다리차 벽에 맞는 순간, 하얀 연기를 뿜으며 폭발했다. 그러나 외벽을 가린 가죽이 찢겨나가며 그 안에 든 철판이 우그러지는 선에서 피해가 그쳤다.

왜군은 사다리를 건너와 성벽 안으로 계속 진입했다.

홍수를 막는 제방이 터진 듯했다.

특단의 조치가 필요했다.

김경로가 연대 병기관(兵器官)을 불렀다.

중년의 병기관이 네 발로 기다시피 성벽을 건너왔다.

"부르셨습니까?"

"연대에 몇 정이나 있소?"

"100여 정 가량 있습니다."

"그걸 써야겠소. 빨리 병사들에게 보급해주시오."

김경로의 말에 병기관이 놀라 되물었다.

"그걸 지금 말입니까? 그건 최후의 순간까지 아끼는 걸로……"

김경로가 고개를 저었다.

"여기가 뚫리면 대룡포를 후퇴시킬 수 없소."

그 말에 심각성을 깨달은 병기관은 재빨리 돌아갔다. 그리고 창고에 쌓아두었던 신무기를 꺼내 병사들에게 나누어주었다.

이미 신무기 운용병력이 정해져있던 터라, 신무기라 하여 낯설어하지는 않았다. 그 동안 훈련을 충분히 해온 것이다.

"준비가 끝났습니다."

부관의 보고에 김경로가 벌떡 일어나 명을 내렸다.

"공격해라! 단숨에 밀어내야한다!"

그 말에 신무기를 쥔 병사들이 앞으로 나가 사다리를 넘어오는 왜군을 겨누었다. 그리고 방아쇠를 힘껏 당겼다. 그 순간, 총구를 떠난 수십 개의 작은 산탄들이 허공을 갈라갔다.

파파파팟!

산탄이 허공을 가르는 순간.

몸에 작은 구멍이 뚫린 왜군이 바닥으로 추락하기 시작했다.

신무기의 정체는 바로 이혼이 만든 세 번째 제식화기,
용두였다. 용두는 산탄총이었다. 이혼은 정유재란 당시에
이미 산탄총 역할을 하는 용두를 만들어 직접 실전에 쓴
적이 있었지만 연구 중이었던지라, 일선에 보급하기는 어
려웠다.

그 후 세월이 흐르는 동안, 연구와 개조를 꾸준히 거쳐
지금은 원정군 병사들에게 먼저 일정수량을 지급해준 상
태였다.

산탄이 성벽을 휩쓰는 순간.

사다리를 건너오던 왜군 수가 확 줄었다.

산탄은 말 그대로 허공에 흙은 던진 거처럼 납으로 만든
작은 쇠구슬이 퍼지는 형태로 날아갔다. 산탄총의 효과는
두 가지였다. 하나는 근접거리서 쏘았을 경우, 적을 완벽
하게 무력화시킬 수 있었다. 그런 관계로 특수부대가 테러
리스트를 한 번에 무력화시키기 위해 산탄총을 소지하는
경우가 많았다. 그리고 두 번째 효과는 대량살상무기로 변
할 수 있다는 점이었다. 산탄총을 먼 거리서 쏠 경우, 산탄
이 퍼져가며 그 일대를 초토화시키는 게 가능했다. 근접거
리서 쏘는 것만큼 파괴력이 크진 않았지만 한 번에 여러
명을 쓰러트리는 게 가능했다. 지금은 후자 용도로 사용하
였다.

성벽을 건너오는 왜군이 줄어든 틈을 이용해 성벽에 있

던 왜군을 몰아붙여갔다. 어느 정도 줄어들었을 무렵, 김 경로는 다시 척탄병을 불렀다. 그리고 그들에게 죽폭을 여러 개 묶어 파괴력을 높인 용폭(龍爆)을 사다리차에 던지게 하였다.

척탄병이 힘껏 던진 용폭이 사다리차 안으로 들어갔다.

콰콰쾅!

엄청난 굉음과 함께 사다리차가 그대로 터져나갔다.

낱개형태인 죽폭은 피해를 크게 주지 못했지만 용폭은 달랐다.

용폭이 터지는 순간, 사다리차가 상부부터 터져나갔다.

김경로의 방법은 곧 다른 대대로 번져갔다. 그리고 얼마 후에는 오응정의 2대대 역시 김경로의 전술을 사용해 적을 막았다.

불리했던 전세가 다시 조선군 쪽으로 좋게 흐르기 시작했다.

그 모습을 본 김시민이 한 시름 놓으려는 순간.

사단 참모장이 달려왔다.

"왜의 좌군이 서문으로, 우군이 동문으로 각각 쳐들어왔습니다!"

김시민의 담담하던 얼굴이 살짝 일그러졌다.

3장. 불타오르는 대본영

3장. 불타오르는 대본영

이즈하라성 동문 성루에 올라간 이혼은 팔짱을 낀 채 대마도 동쪽 바다를 바라보았다. 부두 쪽은 여전히 소란스러웠다.

먼 거리를 달려온 수송선단의 수송선이 부두에 병사와 짐을 내려놓는 중이었다. 작업에는 밤낮이 따로 없었다. 워낙 많은 사람과 많은 짐을 내려하는지라, 야간작업이 필수였다.

어둠이 내려앉아있어야 할 항구가 지금은 대낮처럼 밝은 상태였다. 횃불과 등잔이 뿜어내는 수백 개의 빛이 항구를 환하게 밝혔다. 그리고 그 빛을 쫓아 날아든 벌레 무리가 검은 하늘에 반짝이는 은하수처럼 항구를 온통 뒤덮었다.

병사와 인부들이 서로 교차할 때마다 그림자가 춤을 추
듯 일렁였다. 아마 저 중 한 명은 근위군 사령관 권응수일
것이다.

　선발대와 같이 들어온 권응수는 대마도를 2차 병참기지
화 하는 작전을 지휘 중에 있었다. 마치 몸이 세 개인 사람
처럼 동에 번쩍, 서에 번쩍 나타나 작전을 차질 없이 진행
했다.

　항구를 보던 이혼의 시선이 남쪽 먼 바다를 향했다. 달
빛이 파도를 비출 때마다 하얀 포말이 우유처럼 뽀얀 색을
띠었다.

　"지금쯤 한창 전투 중이겠지?"

　이혼은 혼잣말처럼 중얼거렸지만 그 말을 받는 사람이
있었다.

　그 주인공은 어제 도착한 도원수 권율이었다.

　"예, 전하. 지금이 고비일 것이옵니다."

　"국정원이 예측한 대로 이번 전투에 시마즈가 나섰을
거 같소?"

　이혼의 질문에 권율이 한 걸음 다가왔다.

　"시마즈의 현 가주가 정유년에 전사한 시마즈 요시히로
의 아들이라 들었사옵니다. 선친의 복수를 원하지 않겠사
옵니까?"

　"으음, 그렇겠군. 시마즈 요시히로가 있었어."

말없이 검은 바다를 응시하던 이혼은 고개를 돌리며 물었다.

"전라사단이 큐슈군을 막을 수 있소?"

"큐슈군이 국정원의 예측대로 움직인다면 막을 수 있사옵니다."

권율의 대답에 이혼은 다시 고개를 바다 쪽으로 돌렸다.

"국정원은 큐슈군이 나고야대본영에 있는 비밀통로를 이용해 기습할 거라 예측했지. 그러면 승리할 수 있을 거라 했고."

권율이 이혼의 시선을 따라가며 대꾸했다.

"그렇사옵니다."

"그렇다면 전라사단이 처할 수 있는 최악의 상황은 무엇이오?"

잠시 생각하던 권율이 대답했다.

"큐슈군이 시간을 질질 끌며 막부의 지원세력을 기다리는 것이옵니다. 시간이 지날수록 적이 점점 더 늘어날 테니 전라사단 입장에선 별로 좋은 상황이 아니옵니다. 주공인 이쪽에선 더 좋을 수 있겠으나 전라사단은 아닐 것이옵니다."

권율의 대답에 이혼은 큰 한숨을 내쉬었다.

"우리가 좋으려면 전라사단을 최악의 상황으로 내몰아

야한다는 말이군. 이거 참 골치 아픈 일이오. 냉정하게 생각해야겠지만 걸려있는 게 사람의 목숨이다 보니 그러기 힘들구려."

권율은 이혼의 고통을 안다는 듯 말없이 고개를 끄덕여주었다. 어떤 상황에서는 말보다 더 큰 위로가 있는 법이었다.

지금 권율이 보여준 행동이 이혼에게는 그런 위로였다.

팔짱을 푼 이혼은 차가운 성벽 위에 손을 얹었다.

해안가라 그런지 손바닥이 금세 축축해졌다.

밤바다의 바람을 힘껏 들이마신 이혼은 이내 고개를 끄덕였다.

"그래도 큐슈군이 비밀통로로 들어왔으면 좋겠군. 그럼 큐슈군과의 전투가 곧 끝날 테니 휴식을 취할 시간이 있을 것이오."

잠시 생각하던 이혼은 무언가 떠올랐는지 급히 물었다.

"김시민장군은 대본영의 비밀통로에 대해 아는 게 확실하오?"

권율이 나고야대본영이 있는 남쪽바다를 보며 대꾸했다.

"국정원이 김시민장군에게 알려주었을 테니 방비를 했을 겁니다. 김시민장군의 성품을 봤을 때, 그곳은 지옥보다 무서운 곳으로 변해있을 터이니 그 점은 너무 염려하지 마옵소서."

"대감의 말처럼 되었으면 좋겠군."

이혼은 검은바다를 응시하며 다시 한 번 중얼거렸다.

*** ***

큐슈연합군의 좌군이 서문으로, 우군이 동문으로 쳐들어왔다는 말에 김시민은 주먹으로 성벽을 세게 내리쳤다. 화가나 친 것은 아니었다. 오히려 기회가 왔다는 생각에 기뻤다.

김시민은 바로 참모장에게 물었다.

"그쪽의 준비는?"

"모두 끝났습니다."

"그럼 서문과 동문에 1연대장과 2연대장을 보내 작전을 지휘하도록 하시오. 그 동안 남벽전투는 내가 직접 지휘하겠소."

"예, 장군."

대답한 참모장은 바로 김경로를 서문으로, 오응정을 동문으로 보냈다. 그 사이, 김시민은 자신이 방금 말한 대로 남벽 전투를 지휘했다. 왜군의 공성은 눈에 띄게 약해진 상태였다. 용두와 용폭을 연계해 쓰는 방법이 다른 성벽으로 퍼져간 후에는 왜군이 자랑하던 사다리차가 힘을 쓰지 못했다.

김시민은 용두에 탄환을 장전하는 병사의 행동을 지켜보았다.

용두는 전장(全長)이 용미보다 길지만 용아보다는 짧았다. 그리고 전체적인 외형 역시 용아나, 용미에 비해 그렇게 멋있진 않았다. 오히려 몽둥이처럼 생겨 총이 아니라, 후려치는 곤봉처럼 보일 지경이었다. 그러나 위력, 특히 근접전투에서 보여주는 가공할 위력은 다른 총이 미치지 못했다.

위력이 더 강한 용두가 있는데 왜 용아나, 용미를 사용하는지 물어본다면 그 쓰임새가 다르기 때문이라 대답할 수 있을 것이다. 용두는 위력이 강한대신, 살상 범위를 통제하기 어려웠다. 산탄이 넓게 퍼지는 바람에 아군과 적군이 섞여있을 경우, 적군뿐 아니라, 아군 역시 이에 당할 수 있었다.

그런 이유로 특수한 경우가 아니면 사용이 힘들었다.

용두의 약실 장전방법은 용미와 대동소이했다.

한 손은 개머리판을 잡고, 다른 한손은 총신을 잡아 동시에 힘을 가하면 걸쇠가 풀리며 약실 입구가 밖으로 드러났다.

약실이 보이면 그 안에 용두용 탄환을 장전했다.

용두용 탄환은 용아 탄환에 비해 지름이 두 배였다.

탄환 내부에 산탄 효과를 발하는 작은 쇠구슬을 많이 집어넣어야하니 당연히 탄환의 지름 역시 커질 수밖에 없었다.

표준 탄입대 하나에 용아의 탄환은 서른 개가 들어간다. 그리고 가장 작은 용미 탄환은 쉰 개까지 넣을 수가 있었다. 그러나 산탄을 쓰는 용두의 경우엔 열 개를 넣기 힘들었다.

세 종류의 탄환 사이에는 그런 차이가 있었다.

용두는 원래 비장의 무기였다.

조선에 더 이상 새로운 무기가 없을 거라 생각한 왜군에게 치명상을 주기 위해 아껴둔 무기였는데 상황이 다급해 쓸 수밖에 없었다. 김시민은 김경로의 결정을 탓하지 않았다.

오히려 좋은 판단이라 생각했다.

지금 성벽을 빼앗기면 대룡포를 후방으로 후퇴시킬 시간이 없었다. 그리고 대룡포가 없으면 전투를 이기기 힘들었다.

그때였다.

장전을 마친 병사가 사다리를 건너오던 왜군을 겨누어 쏘았다.

파파팟!

공중에 검은 돌가루를 뿌린 거처럼, 시커멓게 날아간 쇠구슬이 사다리를 건너던 왜군을 덮쳤다. 즉사는 피했을지 모르지만 추락은 피하지 못했다. 사다리 높이는 15미터가 넘었다. 그리고 15미터 밑으로 추락해 살아남기는 쉽지 않았다.

조선군은 용두를 발사해 성벽을 넘어오는 왜군을 제거했다.

그런 다음, 용폭을 던져 사다리차 자체를 불태웠다.

김시민의 앞에 있던 사다리차가 불길에 휩싸이기 시작했다. 사다리차가 불에 타니 안에 있는 사람은 살기가 어려웠다.

쿠우웅!

굉음과 함께 쓰러진 사다리차가 장렬한 최후를 마쳤다.

방금 쓰러진 사다리차가 큐슈연합군이 가진 마지막 사다리차였다. 김시민은 이어 성문을 공격하던 귀갑차에 용폭을 던져 부셔버렸다. 그리고 성벽에 남아있는 나머지 왜군을 몰아붙이기 시작했다. 용아를 쏘거나, 아니면 착검한 용아로 포위해 끝까지 저항하던 왜군을 성벽 밖으로 던져버렸다.

성벽 여기저기서 단말마의 비명이 들려왔다.

정오 무렵에 시작한 전투는 날이 어슴푸레해지기 전에 끝났다.

남벽 전투를 대패한 시마즈군은 후퇴했다.

사다라치와 귀갑차가 없는 상황에서는 다른 공성방법이 없었다.

용아와 죽폭을 든 조선군을 상대로 휴대용 사다리나, 갈고리에 달린 밧줄을 이용해 공성하는 것은 바보 같은 짓이었다.

그러나 완전히 후퇴한 것은 아니었다.

다른 소식을 기다리는지, 성벽 가까이 접근해 조총이나, 활을 쏘며 잠복했다. 김시민은 그들이 무얼 기다리는지 알았다.

김시민의 시선이 동쪽에 있는 성문으로 향했다.

"그들이 잘 해주어야할 텐데……."

김시민의 말대로 동문과 서문 수비대가 잘해줘야 남벽 전투를 이긴 보람이 있었다. 김시민이 성문 수비대를 도와줄 수 있는 유일한 방법은 후퇴한 시마즈군이 그쪽으로 지원가지 못하도록 잡아두는 일밖에 없었다. 김시민은 포병 대대장을 불러 후퇴한 시마즈군을 다시 한 번 포격하라 명했다.

조용하던 포대가 다시 분주히 움직이기 시작했다.

펑!

얼마 후, 포구를 벗어난 신용란이 시마즈군 양옆에 떨어졌다.

노골적이었다.

동문과 서문으로 지원가지 말라는 뜻이었다.

시마즈군은 조선군의 의도를 따라줄 수밖에 없었다.

포탄을 맞아가며 지원 가다간 이쪽이 먼저 당할 위험이 있었다.

후퇴한 시마즈군 역시 김시민처럼 동문과 서문으로 공격 간 좌군과 우군이 낭보를 전해오기 기다리는 수밖에 없었다.

양쪽 다 동문과 서문의 소식에 귀를 기울였다.

그곳의 승패가 이곳의 승패마저 바꿀 수 있었다.

한편, 동문에 나와 있던 2연대장 오응정은 긴장한 듯 보이는 병사들의 어깨를 다독여주며 사기를 끌어올리려 노력했다.

"고향에 있는 순이생각하냐? 왜 멍하니 있어?"

오응정의 농담에 경계를 서던 병사가 당황한 얼굴로 대답했다.

"아, 아닙니다."

병사는 얼마 전에 약관이 지난 듯했다.

순박한 얼굴이었는데 철모가 한쪽으로 내려와 있는 모습이나, 군복 상의가 밖으로 삐져나와있는 모습이 영락없는 신병이었다. 전라사단은 작년 겨울부터 신병을 받지 않았다.

공표는 하지 않았지만 전라사단 일부 연대가 조공부대로 정해진 후에는 기존 병력과 손발을 맞출 시간이 부족하다는 이유로 신병을 받지 않아 가을에 받은 신병이 마지막이었다.

그 병사는 가을에 받은 신병이었다.

한 달, 아니 열흘만 늦게 입대할 생각을 했더라면 피와 비명이 난무하는 전장에 와있는 게 아니라, 가족과 함께 논에 나가 모내기 중이었을 것이다. 운이 없어도 너무 없었다.

오응정은 그런 병사가 딱해 삐뚤어져있는 철모를 다시 맞춰주었다. 그리고 턱 끈을 조여 철모가 흔들리지 않게 하였다. 밖으로 삐져나온 군복 상의 역시 안으로 집어넣게 하였다.

"집이 나주라 했더냐?"

병사는 깜짝 놀라 대답했다.

"어, 어떻게 아셨습니까?"

"난 내 부하들에 대해서는 모르는 게 없다. 내가 한 번 시험 삼아 맞춰볼까? 집에는 부모님과 남동생 넷이 있다고 했지?"

"맞, 맞습니다."

"부모님과 네 동생들은 군대에 입대한 널 자랑스럽게 여기지?"

"어, 어떻게 아셨습니까?"

"요즘 입대한 신병들은 다 비슷하거든. 나라의 도움을 받은 덕분에 먹고 살 수 있게 되었다며 그에 대한 보답으로 아들이 많으면 그 중 한, 둘은 군대에 보내려는 부모가 많지. 주상전하께 은혜를 갚아야한다는 생각이 강한 모양이야."

고향과 부모님 생각이 났는지 신병의 눈가가 촉촉하게 젖었다.

"장래 꿈이 동구 밖에 사는 순이랑 혼인해 사는 거라고 했었나?"

병사의 얼굴이 다 익은 홍시처럼 붉어졌다.

"맞, 맞습니다."

"그럼 이제 눈을 한 번 감아봐라."

병사가 당황한 얼굴로 물었다.

"전, 전 망, 망을 봐야하는데요."

"내가 망을 볼 테니 잠시 눈을 감아봐라."

누구의 명인가.

연대 꼭대기에 있는 연대장의 명이었다.

그에 비해 신병의 위치는 연대의 바닥에 해당했다.

신병 위에 분대장, 소대장, 중대장, 대대장이 있었다. 그리고 그 대대장 위에 있는 사람이 연대장이었다. 연대장은 실권을 가진 자리였다. 사단장이나, 참모장정도를 제외하면 사단 내에 비견할 보직이 없었다. 신병은 바로 눈을 질끈 감았다.

"고향을 떠올려봐라."

병사가 그 말에 눈을 뜨더니 연대장을 보았다.

"예?"

"내 말대로 해봐라."

그 말에 병사는 다시 눈을 감았다.

그리고 눈에 힘을 주며 고향을 떠올리려 노력했다.

"고향이 보이냐?"

오응정의 물음에 병사가 고개를 끄덕였다.

"보입니다."

"이제 부모님을 떠올려봐라. 떠올렸나?"

"예, 부모님이 논에서 모내기하는 모습이 보입니다."

대답하는 병사의 목소리엔 물기가 가득했다.

오응정의 목소리가 이어졌다.

"동생들을 떠올려봐라."

"예……."

"동생들은 지금 뭘 하는 중인가?"

"제가 돌아오길 학수고대하는 중입니다."

"왜?"

"제가 해주는 바깥얘기, 군대얘기를 아주 좋아합니다."

"이제 눈을 떠봐라."

오응정의 말에 병사가 눈을 떴다.

병사의 눈에 눈물자국이 번져있었다.

오응정이 병사의 어깨를 다독였다.

"나라를 위해 잘 싸울 필요는 없다. 물론, 애국심을 갖고 전투에 나서면 좋겠지. 그러나 그 보단 가족을 위해 싸운다는 생각을 가져라. 가족을 보기 위해 반드시 돌아간다는 생각을 하란 말이지. 네가 죽으면 고향에 있는 가족이 슬퍼한다."

"예!"

씩씩하게 대답한 병사는 자리에 돌아가 눈을 부릅뜨며 경계에 나섰다. 조금 전처럼 흐리멍덩한 모습은 찾을 수 없었다.

적을 죽이기 위해 싸우는 게 아니었다. 살아남기 위해 싸우는 것이었다. 고향으로 돌아가기 위해 싸우는 것이었다. 고향에 돌아가 가족들을 만나기 위해 싸우는 것이었다. 순이와 결혼에 자식 낳고 알콩달콩 살기 위해 싸우는 것이었다.

오응정은 그 모습을 보며 만족한 미소를 지었다.

김경로가 김시민의 영향을 받았다면 오응정은 자신만의 지휘세계를 구축했다. 오응정은 김경로처럼 전술이 뛰어나지 않았다. 용두를 빨리 투입해 성벽을 쓸어버린 다음, 용폭으로 사다리차를 무너트리는 방법은 김경로가 생각한 것이다.

그러나 김경로가 그 방법을 사용하기 전까지 성벽방어를 더 잘했던 건 김경로의 1연대가 아니라, 오응정의 2연대였다.

김경로는 부하들에게 엄격한 편이었다.

이 역시 김시민의 영향을 받은 결과였다.

그러나 오웅정은 달랐다.

오웅정은 병사 한 명, 한 명과 모두 친하게 지내며 그들에게 동기부여해주는 방식을 더 선호했다. 방금 전 병사와 나눈 대화가 쓸모없는 일에 기력과 시간을 소비한 거처럼 보일지 몰라도 결국엔 그게 연대의 큰 자산으로 돌아왔다. 2연대 병사들은 오웅정의 지시라면 어디에든 뛰어들 준비가 되어 있었다. 그 만큼 연대장 오웅정에 대한 신뢰가 두터웠다.

"사가라군이 옵니다!"

부관의 말에 동문 성벽 위에 있던 오웅정이 고개를 내밀었다.

남벽을 공격하던 사가라군 3천이 성벽을 우회하여 동문이 있는 성루 쪽으로 오는 중이었다. 시마즈군보다는 못하지만 그래도 제법 구색을 갖춘 진격이었다. 공성차 두 대를 앞세워 동문으로 진격한 사가라군은 이내 공성을 시작했다.

오웅정은 손을 올렸다.

"쏴라!"

오웅정의 명령에 병사들이 일제히 용아의 방아쇠를 당겼다.

용아의 탄환이 빗발치듯 떨어질 때마다 먼지가 풀썩 일며 진격해오던 사가라군 병사들이 바닥에 쓰러져 일어나지 못했다.

막대한 희생을 감수한 채 꾸역꾸역 동문 성벽에 접근한 사가라군은 이내 사다리를 올려 공성에 나섰다. 오응정은 미리 준비한 용두로 사다리를 건너오는 사가라군을 쓰러트렸다. 그리고 용폭을 던져 사다리를 통째로 태워버렸다. 곧 동벽 앞에 불에 타 주저앉는 사다리차 두 대가 새로 생겨났다.

멀찍이 보면 마치 거대한 모닥불이 타오르는 듯했다.

그 안에 나무만 있진 않다는 게 모닥불과 다른 점일 것이다.

옷과 머리에 불이 옮겨 붙은 사가라군 병사들이 사다리차 밖으로 몸을 내던졌다. 운이 좋으면 즉사할 것이다. 그리고 운이 좋지 못하다면 끔찍한 고통을 겪으며 죽어갈 것이다.

말 그대로 죽은 자가 산 자를 부러워하는 상황이었다.

공성무기가 사라진 사가라군은 대나무방패 뒤에 숨어 조총을 쏘았다. 그러나 다른 방법으로 공성을 시도하지는 않았다.

그 모습을 지켜보던 오응정은 바로 1대대장을 불러 명했다.

"준비는?"

"마쳤습니다."

대대장의 대답에 고개를 끄덕인 오응정은 성루 밑으로

내려왔다. 그리곤 북쪽으로 300미터 떨어진 곳으로 이동했다. 나무로 만든 목조건물이 오밀조밀 모여 있는 곳이었다. 무슨 용도인지 정확히 모르겠지만 숙영지일 가능성이 높아 보였다.

그 중 한 건물 안으로 들어간 오응정은 급히 코를 틀어막았다.

뒷간인지 독한 냄새가 올라왔다.

오응정은 밖에 있던 1대대장을 안으로 불렀다.

"어디인가?"

1대대장이 벽소 옆에 있는 나무 장롱을 가리켰다.

"여깁니다. 어제 병력을 풀어 안에 있는 통로를 조사해보았는데 생각보다 넓어 병력 이동에 제한이 크지 않았습니다."

"좋아. 이제 매복에 들어간다. 사단 공병대대는 언제 다녀갔지?"

오응정의 질문에 1대대장이 바로 대답했다.

"오늘 아침에 작업을 마친 걸로 압니다."

대답한 1대대장이 건물 벽에 기대어있는 나무판자를 치웠다.

그러자 나무판자 뒤에 감쳐두었던 용염이 얼굴을 드러냈다.

용염은 크기가 점점 커져 지금은 사람 몸통만 했다.

겉엔 얇은 철판이 둘러져있었는데 용염 뒤에 달린 도화
선에 불을 붙이면 안에 든 신관이 터져 내부 폭발이 일어
났다.

그리고 그 즉시 겉에 두른 철판이 찢어지며 용염 안에
든 쇠구슬이 거의 180도 방향으로 비산해 일대를 초토화
시켰다.

오응정은 1대대장과 함께 목조건물을 돌며 공병대대가
설치한 용염을 점검했다. 왜국은 돌이나, 흙보다는 주위에
흔한 나무를 이용해 집을 지었다. 그런 집마다 용염을 두
세 개씩 설치해두었다. 용염 위에는 도화선이 길게 나와
있었다.

준비를 점검한 오응정은 서둘러 건물지대 밖으로 빠져
나왔다. 밖에는 1대대장이 동원한 병력 500명이 매복해
있었다.

지휘소로 사용할 곳에 도착한 오응정은 눈을 빛내며 기
다렸다.

이제 이 주변 일대는 지옥으로 변하기 일보직전이었다.

그리고 그 지옥에 들어가 살아나올 수 있는 사람은 없었
다.

그때, 동문 성벽에 있던 연대 참모가 달려왔다.

"사가라군이 반쯤 모습을 감췄습니다."

"알겠소."

참모의 말에 오응정은 손을 들어 매복한 병사에게 흔들었다.

이제 곧 적이 올 테니 모두 긴장하란 뜻이었다.

오응정 역시 탄띠에 찬 용미를 뽑아 그 안에 탄환을 장전했다.

"후우."

이젠 정말 기다리는 일만 남았다.

너무 노려보았는지 눈이 슬슬 아프기 시작할 무렵.

비밀통로가 있는 뒷간의 문이 밖으로 살짝 열렸다.

뒤이어 쥐 얼굴을 한 왜군 하나가 밖으로 얼굴을 내밀었다.

잠시 후, 밖이 안전하다는 생각을 했는지 고개를 안쪽으로 돌려 신호를 열심히 보냈다. 그 순간, 뒷간 문이 활짝 열리며 안에 숨어있던 왜군이 밖으로 나오기 시작했다. 처음에는 쥐 얼굴을 한 왜군 하나였지만 곧 두 명으로 늘어났다. 그리고 그 두 명은 순식간에 열 명, 백 명으로 증가했다.

그 백 명은 급히 통로가 있는 건물 주위를 둘러싸 경계에 나섰다. 그 사이, 통로를 통과한 사가라군이 속속 나고야대본영 안으로 진입하기 시작했다. 날이 어둑해졌을 무렵, 1천이 넘는 병력이 나고야대본영 동벽 내부 진입에 성공했다.

사가라군은 처음 가진 경계심이 점차 흐트러지기 시작했다. 병력이 진입하는 동안, 개미새끼 하나 보이지 않는 것이다.

처음에는 1천으로 당장 안을 우회해 2연대가 지키는 동문 뒤를 공격할 듯 보였다. 만약, 1천 병력이 무주공산이나 다름없는 뒤를 찌른다면 동문을 지키는 2연대는 그대로 당할 수밖에 없었다. 그리고 2연대가 패해 동문을 내어준다면 시마즈군이 후속부대로 들어와 본대의 뒤를 공격할 수 있었다.

단순히 성문 하나 뚫리는 게 아니라, 전황이 넘어가는 것이다.

오응정은 침착하게 기다리며, 국정원이 준 정보에 새삼 감탄했다. 국정원이 비밀 통로를 알아내 제때 알려주지 않았으면 사가라군에게 뒤를 찔러 낭패를 면하기 어려웠을 것이다.

그때, 진형을 갖춘 왜군이 움직이기 시작했다.

처음에는 그보다 많을 줄 알았는데 1천이 다인 모양이었다.

사가라군을 충분히 끌어들인 오응정은 1대대장에게 고개를 끄덕였다. 그 순간, 벌떡 일어난 1대대장이 벽에 난 틈에 용아의 총신을 거치했다. 그리고 총구를 살짝 돌려 사가라군 가운데 있는 가신의 복부를 노렸다. 복부를 노려야 반동으로 인해 가슴이든, 머리든 맞았다. 만약, 즉사시킬 목적으로 머리를 조준해 쏜다면 오히려 빗나갈 확률이 높았다.

1대대장은 사격의 기본규칙을 모두 준수했다.

가늠자와 가늠쇠에 적의 복부가 들어오는 순간, 숨을 멈췄다가 천천히 내쉬며 방아쇠울에 건 손가락을 천천히 당겼다.

방아쇠를 급하게 당기면 총신이 흔들려 빗나갈 위험이 있었다.

탕!

총성이 들림과 동시에 근처 나무에 앉아있던 새들이 하늘로 홰를 치며 날아올랐다. 그리고 뒤이어 총성이 들린 곳으로 고개를 돌렸던 사가라군 가신이 피를 흘리며 쓰러졌다.

가신의 가슴갑옷에는 동전크기만한 구멍이 뚫려있었다.

그 모습을 본 1대대 병사들이 조용히 환호했다.

1대대장의 사격 솜씨는 연대 최고였다.

오응정이 괜히 1대대장에게 저격을 명한 게 아니었다.

그때였다.

왜국 말이 어지럽게 들리더니 뭉쳐있던 사가라군이 건물 쪽으로 몸을 피했다. 지금으로선 옳은 판단이었다. 건물 사이에 난 길로 가기에는 주변에 숨어있는 조선군이 두려웠다.

오응정은 그 모습을 보며 고개를 끄덕였다.

계획대로였다.

"국정원이 이번에는 정말 큰일을 해주었군."

오응정은 다시 한 번 감탄했다.

그리고 감탄함과 동시에 온몸에 소름이 돋았다.

국정원이 나고야대본영 동문과 서문에 나있는 비밀통로를 알아내지 못했으면 저 사가라군이 그의 뒤를 기습했을 것이다.

오응정은 그런 상황을 떠올리는 일조차 끔찍했다.

앞과 뒤의 협공, 후퇴할 시간이 없어 대룡포를 놔둔 채 피하는 포병들, 부하들의 비명과 허공을 가득 수놓은 피의 향연.

국정원이 비밀통로를 알아내기 위해 어느 정도 희생했는지는 모르겠지만 지금까지는 그 몇 배에 해당하는 효과를 거두었다. 그리고 나머지는 지금부터 어찌하느냐에 달렸다.

정보기관의 임무는 크게 첩보(諜報)와 방첩(防諜)으로 나뉘었다. 첩보는 말 그대로 적국의 정보를 빼내는 작전이었다. 간첩, 간자, 스파이 등 첩보 임무를 맡아 적국에 잠입한 사람을 뜻하는 단어는 동서양에 걸쳐 널리 퍼져있었다. 그 만큼 상대의 정보를 빼내는 작업은 아주 중요한 일이었다.

그리고 방첩은 우리 정보를 적국이 빼내가지 못하게 막

는 일이었다. 앞서 말한 간첩, 간자, 스파이 등을 잡아내는 임무가 바로 방첩이었다. 첩보만큼이나 방첩 역시 아주 중요했다.

정보전쟁에서 가장 좋은 상황은 적국의 정보를 우리는 아는데 적은 우리 정보를 모르는 상황이었다. 그리고 두 번째로 좋은 상황은 서로 상대가 가진 정보를 아는 상황이었다. 둘 다 패가 훤히 드러나 있어 섣불리 움직일 수 없었다.

위에 말한 상황과 비슷한 상황이 하나 더 있었는데 둘 다 상대의 정보를 모르는 상황이었다. 그러나 이때는 전과 달리 서로 모르기 때문에, 사고가 날 확률이 조금 더 높아졌다.

모르면 과감해지기 마련이었다. 그리고 과감해지면 사고가 날 가능성 역시 높아졌다. 그게 좋은 쪽이든, 나쁜 쪽이든 상관없이 아군과 적군 둘 다에게 별로 좋은 상황은 아니었다.

마지막 네 번째 상황이야말로 최악이었다.

우리는 적의 정보를 모르는데 우리는 방첩에 실패해 우리 정보가 적에게 들어간 상황이었다. 이때는 일방적으로 당하는 수밖에 없었다. 당할 때 국지전이나, 전면전에서 패하는 것으로 그치면 그나마 다행이었다. 심각할 경우에는 나라를 빼앗기거나, 민족이 말살당하는 처지에 이를 수 있었다.

지금은 네 가지 상황 중에 가장 좋은 첫 번째 상황이었다. 왜군은 조선군이 비밀통로에 대해 안다는 사실을 전혀 몰랐다.

안다면 그 통로를 이용해 쳐들어왔을 리 없었다.

통로를 이용해 쳐들어온 게 첫 번째 실수라면 두 번째 실수는 1대대장이 가신을 저격한 다음에 건물 쪽으로 피한 거였다.

기본교리대로라면 건물 쪽으로 피해 은폐, 엄폐하는 게 맞았다.

조선에 있는 훈련소 역시 그런 전술을 훈련병에게 가르쳤다. 밖으로 드러나는 면적이 적을수록 생존가능성이 높았다.

한데 지금은 그게 실착이었다.

오응정은 병사들에게 주먹을 쥐어보였다.

그 순간, 대기하던 병사들이 용염에 달아놓은 도화선에 불을 붙였다. 도화선이 타들어가며 화약 냄새가 짙게 올라왔다.

그리고 불꽃이 어둑해진 바닥을 뱀처럼 기어 다니기 시작했다.

한 두 개가 아니었다.

목조건물 사이를 불 뱀 수십 마리가 휘감기 시작했다.

사가라군은 그 모습에 깜짝 놀라 건물 밖으로 나오려하였다.

그러나 도화선은 끝이 있기 마련이었다.

곧 굉음과 함께 용염이 터지기 시작했다.

콰콰콰쾅!

연속해 터진 용염이 그 안에 갇힌 사가라군을 휩쓸었다.

운 좋게 용염에 당하지 않더라도 안심하기는 일렀다.

목조건물은 당연히 불과 충격에 취약했다.

용염이 만든 화염과 연기가 당황한 사가라군 위를 덮쳐갔다.

그리고 용염이 폭발할 때 생긴 나무 파편 수만 개가 유탄처럼 사방으로 비산하여 도망치는 사가라군 몸에 틀어박혔다.

천 명은 엄청나게 많은 숫자였다.

그러나 용염으로 만든 함정에 뛰어든 사가라군 1천 명이 완벽히 궤멸하는데 걸린 시간은 불과 10분이었다. 10분만에 통로가 있던 목조건물지대가 완전히 불에 타 없어져 버렸다.

10분 후에 남은 것은 불과 연기였다.

화염을 헤치며 간신히 도망친 사가라군 잔존병력은 앞에 매복해있던 2연대 1대대 병력의 집중사격과 죽폭공격에 당했다.

용아의 총구가 총성과 함께 불을 뿜을 때마다, 사가라군이 비명을 지르며 나자빠졌다. 혼란 그 자체였다. 오히려 불에 타죽기 싫어 1대대에게 달려드는 왜군이 있을 지경이었다.

다시 10분이 지난 후에는 움직이는 사가라군이 보이지 않았다.

1대대는 불이 다른 쪽으로 번지지 못하게 만들었다.

그러나 사람의 힘으로 화재를 막기는 불가능했다.

1대대는 하는 수 없이 화재 밖으로 도망쳐 나와 그 주위에 대기했다. 사실, 불을 끄는 가장 쉬운 방법은 타게 그냥 두는 것이었다. 더 이상 탈 수 있는 게 없으면 불은 자기가 먼저 꺼지기 마련이었다. 물론, 그 피해는 엄청났다. 그래서 그 방법을 모든 사람이 알지만 사용은 하지 않는 것이다.

그때였다.

탕탕탕!

총성이 근처서 들려왔다.

처음엔 1대대 병력이 사가라군 잔당을 발견해 쏜 건지 알았다.

한데 총성이 조금 이상했다.

용아의 총성과 왜군 조총의 총성 사이엔 차이가 있었다.

전장 경험이 많은 사람이라면 구분이 가능했다.

"적이다!"

소리친 오응정은 지휘소로 사용하던 건물을 나와 돌아섰다.

그 순간, 지붕에 조총 수십 개가 늘어서있는 모습이 보였다.

"피해!"

다시 소리를 지른 오응정은 철모를 잡은 채 옆으로 몸을 던졌다. 그가 피한 자리에 조총 탄환이 빗발치듯 떨어졌다.

파파팟!

그 뒤에 날아온 화살이 미처 피하지 못한 병사들을 관통했다.

방탄조끼, 철모가 병사를 완벽히 보호해주진 못했다.

퍽!

화살이 허벅지에 틀어박히는 순간, 운 나쁘게 동맥이 끊어졌는지 피가 분수처럼 쏟아졌다. 근처에 있던 병사들이 급히 당한 병사를 안전한 쪽으로 끌어와 지혈하려 했으나 지금 의료기술론 대동맥이 찢어진 병사를 살릴 방법이 없었다.

병사는 고통에 몸부림치다가 빠르게 혈색을 잃어갔다.

몸의 피가 다 빠져나왔는지 누워있는 곳에 피 웅덩이가 생겼다.

1대대 후위를 기습한 왜군의 정체는 사가라군이었다.

사가라군은 병력을 두 개로 나누어 하나는 1대대가 매복해있던 목조건물 쪽으로 들어왔다. 그리고 다른 하나는 그보다 더 북쪽에 있던 다른 비밀통로를 이용해 잠입한 것이다.

국정원은 최선을 다해 정보를 알아냈지만 완벽하지 않았다.

국정원은 나고야대본영에 비밀통로가 두 개라 했지만 두 개가 아니었다. 그보다 많은 숫자의 비밀통로가 산재해 있었다.

그나마 다행인 점은 두 번째 사가라군의 병력이 많지 않다는 점이었다. 1대대는 오응정의 지시로 후위를 기습한 사가라군에게 대항하기 시작했다. 총성이 울리는 순간, 왜군이 숨어있는 전각에 피 보라가 일었다. 그렇다고 1대대가 적을 압도하는 중은 아니었다. 1대대보다 좋은 목을 차지한 채 내려다보며 공격하는 사가라군 공격에 큰 피해를 입었다.

오응정은 1대대장을 불러 명했다.

"1중대와 함께 우회하게. 그 동안 시간을 끌어주겠네."

"알겠습니다."

1대대장은 바로 1중대를 불러 전각을 멀리 우회하기 시작했다.

그 사이, 오응정은 2중대와 3중대를 앞으로 전진시켰다. 병사들은 훈련소에서 배운 시가전교리대로 은폐, 엄폐해가며 사가라군이 차지한 전각 쪽으로 접근해 들어가기 시작했다.

"으악!"

몸을 일으키던 병사가 가슴에 화살을 맞아 나뒹굴었다.

오응정은 비명을 지르는 병사의 목깃을 잡아 끌어당겼다. 다행히 방탄조끼가 화살촉을 막아주어 치명상은 아니었다.

"의원!"

오응정의 목소리를 들었는지 총 대신 가방을 든 의원이 달려와 다친 병사를 살펴보기 시작했다. 오응정은 잠시 지체한 진격을 다시 이어가라 명했다. 곧 병사들이 건물과 건물 사이, 그리고 벽과 처마 사이를 움직이며 거리를 좁혀갔다.

"죽폭을 던져라!"

오응정의 명령에 벌떡 일어난 병사들이 죽폭에 불을 붙여 던졌다. 그리고 용아로 일제사격을 가해 사가라군의 시선을 끌었다. 사가라군은 거의 코앞에 다가온 오응정 부대에 시선이 끌려 정신을 차리지 못했다. 그 사이, 은밀히 우회한 1대대장의 1중대가 그런 사가라군의 등 뒤를 기습해갔다.

탕탕탕!

기습을 가했던 사가라군이 이번에는 반대로 기습을 당했다.

4장. 결전전야(決戰前夜)

光海鑑

4장. 결전전야(決戰前夜)

"연폭을 던져라!"

1대대장의 지시에 병사들은 탄띠 어깨끈에 달아놓은 연폭에 불을 붙여 앞으로 굴렸다. 잠시 후, 연폭 안에 든 화약과 연막물질이 같이 타기 시작하며 짙은 연기가 뿜어져 나왔다.

"연막으로 들어가라!"

1대대장의 이어진 지시에 병사들은 연막으로 뛰어갔다.

1중대의 위치를 잃어버린 왜군은 연기 속에 조총을 발사하기 시작했다. 그러나 시야가 좋을 때도 맞추기 힘든 조총으로 연막을 이용해 은폐한 1중대를 잡기란 요원한 일이었다.

피해 없이 거리를 좁힌 1중대는 용아로 사격하며 죽폭을 던졌다. 용아로 쏜 탄환이 빗발치듯 날아가는 와중에 죽폭이 군데군데 섞여 같이 날아가니 정신이 없을 지경이었다.

처음에는 제대로 대항하는가 싶던 사가라군은 1중대의 기습에 당황했는지 자신들이 들어왔던 비밀통로 출구로 도망쳤다.

"놓치지 마라!"

소리친 1대대장은 손에 쥔 용미로 도망치는 가신을 겨눴다.

탕!

총구가 들리는 순간.

등을 활처럼 굽힌 가신이 바닥에 쓰러졌다.

1대대 1중대 병사들은 도망치는 사가라군 등에 사격을 가했다.

그렇게 3, 400미터를 추격한 후에는 더 이상 쏠 적이 없었다.

뒤이어 도착한 오응정은 1대대장을 불러 왜군이 들어온 다른 통로를 찾게 했다. 우선 왜군이 들어오지 못하게 막아야했다. 그래야 사고가 일어날 변수를 최대한 줄일 수 있었다.

급한 일을 처리한 오응정은 김시민에게 전령을 보내 동

문 상황을 알리는 한편, 서문을 지키던 1연대 소식을 기다렸다.

김경로의 1연대는 2연대보다 조금 더 고생한 모양이었다. 국정원이 가르쳐준 비밀통로 주변에 용염을 설치한 것은 2연대와 같았으나 호소카와군은 다른 통로를 이용해 잠입했다.

잠입에 성공한 호소카와군 3천은 1연대 측면을 기습했다. 1연대로서는 위험하기 짝이 없는 순간이었다. 동원한 병력은 2연대와 비슷해 1개 대대 500명가량이었다. 그런 병력으로 여섯 배가 넘는 호소카와군을 상대해야하는 입장이었다.

이때, 김경로가 기지를 발휘했다.

호소카와군을 비밀통로 쪽으로 유인한 것이다. 그리고 유인에 성공하는 순간, 용염을 터트려 궤멸에 가까운 타격을 입혔다. 유인하는 동안, 1연대 1대대 역시 큰 피해를 입었지만 어쨌든 잠입한 왜군을 구축하는 목적에는 성공을 거뒀다.

살아남은 호소카와군 수백이 들어왔던 곳으로 도망치며 그 날 전투가 끝났다. 큐슈연합군은 오늘 하루 전투로 5천이 죽거나, 다쳤다. 그에 비해 전라사단은 100여 명이 전사, 200여 명이 부상당했다. 교전비율이 엄청났지만 지원군이 없는 전라사단입장에선 살점이 떨어져나가는 고통이었다.

김시민은 그날 저녁, 사단 참모부를 포함해 1연대장 김경로와 2연대장 오응정, 포병대대장 이능한 등을 처소에 불렀다.

그리고 회의를 열어 소가마에, 즉 대본영 가장 바깥에 있는 성벽에 대해 의견을 나누었다. 반은 퇴각을, 반은 고수를 주장했다. 김시민은 성벽을 하루만 더 고수하기로 결정했다.

다음 날, 왜군은 아침부터 줄기차게 공성해왔다.

전투 형태는 어제보다 급박했다.

비밀통로로 잠입하는 작전에 실패한 왜군은 예비병력 일부를 제외한 3만 병력을 남쪽 성벽에 돌입시켜 공성에 나섰다.

김시민은 휘하 연대에 성벽 고수를 명했다.

오전에 잠깐 남벽 동쪽이 뚫릴 뻔했지만 2연대장 오응정이 직접 지휘하여 격퇴했다. 그리고 해가 지기 전에는 큐슈연합군이 동원한 귀갑차에 의해 남벽 성문이 거의 부서졌다.

김시민은 급히 공병대대를 보내 성문을 보수했다.

그러나 귀갑차의 공격을 이틀 내내 받은 성문은 석축부터 흔들리는지라, 보수가 쉽지 않았다. 그 날 저녁, 큐슈연합군이 물러가길 기다린 김시민은 산노마루로 후퇴하라 명했다.

산노마루는 소가마에 다음에 있는 성벽이었다.

소가마에보다는 약하지만 어쨌든 적을 막을 공간은 있었다.

가장 먼저 후퇴에 나선 병과는 포병이었다.

포병은 짐이 많아 밤을 새워가며 작업해야했다.

무엇보다 대룡포가 문제였다.

대룡포는 무게가 2톤에 이르렀다. 거기에 포차 등을 더하면 2톤을 훌쩍 넘었다. 옮기기 위해선 많은 준비가 필요했다.

조선이 화포를 고정포의 용도, 즉 전선의 함포나, 성채의 요새포로 사용한 데에는 이처럼 무겁다는 이유가 작용했다.

이혼은 야포로 사용하던 대룡포를 요새에 설치하거나, 아니면 배에 실어 운반할 목적으로 조립식 기중기를 만들었다.

기중기가 엄청나게 복잡한 기계는 아니었다.

그저 중력의 도움을 받으면 끝나는 일이었다.

작업을 맡은 포반장이 고함을 질렀다.

"축대부터 빨리 설치해라!"

포병은 먼저 대룡포의 무게를 지탱할 수 있는 튼튼한 축대를 성벽 밑에 설치하기 시작했다. 그 축대는 단단한 무쇠를 이용해 만들었다. 목재가 무슨 종류이든 간에 나무는 항상 부러질 위험이 있어 다른 선택이 불가능한 상황이었다.

축대를 세우기 위해선 그 지지대 역할을 해주는 발판이 필요했다. 발판은 축대와 달리 돌로 만들었다. 돌로 축대를 만들 수는 없지만 중심을 잡아주는 발판에는 사용이 가능했다.

발판은 맷돌 다섯 개를 수직으로 쌓아놓은 형태였다.

이 역시 운반을 편하게 하기 위해서였는데 맷돌 다섯 개의 무게를 한 번에 옮기기보단 다섯 개로 쪼개 나르는 게 더 쉬웠다. 맷돌의 무게는 30킬로그램이었다. 다 합치면 150킬로그램으로 땅속 깊이 묻어두면 축대 고정이 가능했다.

삽과 곡괭이를 휘둘러 성벽 밑에 있는 땅이나, 돌바닥에 구덩이를 판 포병은 그 안에 지게에 실어 가져온 맷돌을 집어넣었다. 맷돌 가운데에는 축대를 넣은 구멍이 뚫려있었다.

맷돌에 뚫려 있는 구멍을 일렬로 맞춘 다음, 조립한 축대를 가져와 그 구멍에 끼웠다. 축대는 어른 팔뚝만한 굵기였다.

축대는 조정이 가능했다. 옮기려는 곳이 높을 경우, 하나를 더 이어 만들었다. 그리고 낮으면 축대의 길이를 줄였다.

맷돌에 축대를 끼웠으면 흙은 덮은 다음, 삼각대 모양의 지지대를 세워 축대가 흔들리지 않게 조치했다. 여기까지가 기본 준비에 해당했다. 말 그대로 준비지, 끝난 게 아니었다.

그 다음엔 축대 위에 달린 기중기 양 팔에 튼튼한 밧줄을 걸었다. 그리고 안에 기차 바퀴처럼 둥그런 홈이 나있는 도르래와 합쳤다. 그래야 밧줄이 도르래의 홈을 따라 부드럽게 움직일 수 있었다. 도르래를 이용하지 않을 경우에는 밧줄이 축대에 있는 날카로운 부분에 잘려 끊어질 것이다.

그 다음엔 한 쪽 팔의 밧줄에 축대를 고정하는데 사용하던 맷돌을 몇 개 달았다. 물론, 다는 방법은 맷돌에 있는 구멍에 밧줄을 끼우는 것이었다. 그리고 반대쪽 팔에는 대룡포를 달았다. 대룡포는 떨어지지 않게 밧줄로 단단히 묶었다.

기중기는 쉽게 말하면 천칭저울과 같았다.

저울 양쪽에 같은 무게를 가진 물건을 올려놓으면 저울의 기울기는 수평을 유지했다. 기중기 역시 이와 같은 원리였다.

그러나 맷돌을 몇 개 끼우든 대룡포의 무게와 같을 수는 없었다. 그리고 무게가 같지 않으면 대룡포가 공중에 뜨지 못했다. 그래서 맷돌을 단 쪽에 다시 밧줄을 이어 사람이 인력으로 당겼다. 인력이 힘들면 말이나, 소 등을 이용했다.

작업을 지휘하던 포반장의 목에 핏대가 섰다.

"당겨라!"

밧줄을 잡은 포병 병사들이 힘을 주기 시작했다.

"더, 더!"

핏대가 선 포반장이 대룡포를 주시하며 계속 고함을 질렀다.

처음엔 공중으로 뜰 거 같던 대룡포가 다시 가라앉았다.

포반장이 뒤를 돌아보며 소리쳤다.

"다른 부대에서 온 사람들도 다 같이 달려들어라!"

그 말에 대기하던 보병이 달려가 포병을 돕기 시작했다. 지금처럼 힘을 쓸 일이 많을 때는 보병이 지원나오기 마련이었다.

"영차, 영차!"

기합을 맞춰가며 힘을 쓰길 얼마나 했을까.

마침내 대룡포가 허공으로 올라오기 시작했다.

"더, 더 당겨라!"

포반장의 명에 병사들은 죽을힘을 다해 밧줄을 끌어당겼다.

허공으로 뜨기 시작한 대룡포가 마침내 목표한 지점에 도착했다. 포반장은 얼른 주먹을 쥐어보였다. 그 신호를 본 병사들은 힘을 준 채 대기했다. 힘을 뺄 순 없었다. 힘을 빼면 도르래에 걸린 밧줄이 다시 풀려 대룡포가 밑으로 떨어졌다.

고개를 돌린 포반장이 반대편에 위치한 병력에게 소리 쳤다.

"이제 기중기 팔을 당겨라!"

그 말에 대기하던 병사들이 기중기 팔에 달린 밧줄을 당기기 시작했다. 오히려 위험한 순간은 지금이었다. 팔을 당기는 병사들이 실수하면 축대가 부서지며 대룡포가 상하는 것은 물론이거니와 그 밑에 있는 병사들이 다칠 위험이 있었다.

그래서 기중기 팔을 움직이는 작업은 노련한 병사들이 주로 맡는 편이었다. 이런 작업은 힘보다 경험이 훨씬 중요했다.

포반장이 기중기 팔의 각도를 보며 세밀히 지시했다.

"조금 더 움직여라!"

축대는 고정해두지 않은 상황이었다. 맷돌 구멍에 끼웠을 뿐이지, 움직이지 못하게 고정해둔 상태는 아닌지라, 팔을 돌리면 축대가 같이 돌아가 대룡포를 성벽 밖으로 이동시켰다. 포반장은 철모 밑으로 흐르는 땀을 닦을 생각조차 하지 못한 채 기중기 팔 움직이는 작업에 혼신의 힘을 다했다.

축대가 움직이면 그에 보조를 맞춰 반대편 팔을 지탱하는 병사들 역시 같이 움직여야했다. 저울의 원리인지라, 서로 반대편에 있어야지, 대룡포와 맷돌이 서로 균형이 맞아갔다.

끼이익!

축대가 돌아가며 비명을 질렀다.

그 만큼 대룡포의 무게가 가하는 압박이 대단했다.

"그만!"

소리친 포반장이 주먹을 쥐어보였다.

그 말에 기중기 팔을 돌리던 병사들이 움직임을 급히 멈췄다.

성벽을 이륙한 대룡포가 허공에 대룡대룡 매달려있었다.

이젠 대룡포를 지상으로 내리는 일만 남았다.

포반장이 반대편 팔을 잡고 있는 병력에게 지시했다.

"천천히 놓아라! 힘을 갑자기 빼면 대룡포가 부서진다!"

포반장 말 대로였다.

오히려 들어 올리는 작업보다 내리는 작업이 더 위험했다. 악력이 빠진 상태서 갑자기 힘을 빼버리면 대룡포가 바닥에 떨어져 부서지거나, 아니면 거꾸로 처박힐 위험이 있었다.

쿵!

마침내 대룡포 바퀴가 무사히 바닥에 착지했다.

주저앉아 휴식을 취하던 포반장과 병사들은 거친 숨을 토해냈다. 이런 작업을 마치고 나면 온몸의 진이 다 빠져나갔다.

한숨 돌린 포반장이 다시 부하들을 몰아붙였다.

"자자, 오늘 밤 안에 작업을 마쳐야한다! 빨리 대룡포를 풀어라!"

그 말에 수통의 물로 목을 축이던 병사들이 다시 대룡포에 달라붙었다. 대룡포를 묶은 밧줄 먼저 풀었다. 그리고 군마를 데려와 후퇴 지점이 있는 산노마루로 대룡포를 운반했다.

산노마루 안으로 들어간 포반과 대룡포는 포병대대장 이능한이 정해준 성벽에 다시 대룡포 올리는 작업에 들어갔다.

방법은 같았다.

땅을 판 다음, 맷돌을 넣고 그 안에 축대를 끼웠다. 그리고 축대에 도르래와 밧줄을 걸었다. 그러나 그 다음부턴 달랐다. 이번에는 지상에 있는 대룡포를 성벽 위로 올려야했다. 조금 전에 했던 작업을 반대로 하여 산노마루 성벽에 대룡포를 올려 고정까지 마친 병사들은 그대로 뻗어버렸다.

자정을 훌쩍 넘긴 시간이었다.

그러나 전라사단 병사들은 아직 쉬지 못했다.

날이 새기 전까지 처리해야할 작업이 많았다.

소가마에, 즉 바깥 성벽을 버린 다음, 산노마루로 퇴각하는 것은 전날 저녁 지휘관회의서 결정이 이미 끝난 사안이었다.

산노마루로 퇴각하는 이유는 두 가지였다.

일단 소가마에가 너무 넓어 전부 방어하기엔 전라사단병력이 적었다. 그래서 산노마루로 퇴각해 방어할 면적을 줄이려는 의도였다. 두 번째 이유는 왜군이 나고야대본영에 뚫어놓은 비밀통로의 존재였다. 국정원이 알아낸 것에 더해 전라사단이 추가로 찾아낸 통로가 몇 개 더 있었는데 그밖에 통로가 또 있다면 기습을 당할 위험이 여전히 있었다.

전에는 대비하여 오히려 역공을 가했지만 다음번 역시 그러리란 보장이 없었다. 그래서 일단, 공간을 줄일 생각이었다.

공간을 줄여 움직일 공간을 없애는 것은 바보 같은 짓이었다. 바둑으로 따지자면 자충수(自充手)였다. 그러나 자충수를 두어 상대를 잡을 수 있을 때는 자충수를 두는 법이었다.

포병이 산노마루로 자리를 옮긴 후에는 공병이 소가마에를 찾았다. 공병대대장이 손가락으로 빼내야하는 돌을 알려주었다. 그러면 공병이 달려가 쇠지레 등으로 돌을 뽑아냈다.

사람이 못할 게 없다는 말이 맞았다.

소가마에 밑의 돌을 빼내는 게 처음엔 불가능해보였다.

그러나 공병대 병사들을 해냈다.

소가마에 밑에 있는 돌을 빼내 공간을 만들었다.

공병대대장이 폭파병을 불렀다.

"용폭을 설치해라. 도화선은 사용할 수 없으니 화약을 뿌려놔."

"예!"

폭파병은 가방을 열어 안에 들어있던 용폭을 조심스레 꺼냈다. 그리고 돌을 꺼낸 곳에 용폭을 설치했다. 설치한 후에는 도화선 대신 화약을 뿌렸다. 공병은 소가마에 전체에 그런 작업을 반복했다. 날이 밝은 후에도 작업이 이어졌다.

아침 해가 중천으로 떠올랐을 무렵.

남문 성루에 올라가있던 김시민이 해 가리개를 만들어 살폈다.

남쪽 언덕 위에 있던 왜군 진채가 소란스러워지더니 어느 순간, 수만에 이르는 큐슈연합군이 남벽으로 진격해 들어왔다.

3일째 전투의 시작이었다.

김시민은 고개를 돌려 남문 좌우 성벽을 바라보았다.

비전투인원은 대피한지 오래였다.

그리고 전투인원 대부분 역시 아침이 밝기 전에 대피를 마쳤다.

지금 남아있는 인원은 300명이 넘지 않았다.

김시민은 퇴각을 맡은 1연대장 김경로를 불렀다.

"알겠지만 적당히 맞춰주다가 빠지게."

"예, 장군."

김경로에게 지휘권을 넘긴 김시민은 사단본부 참모진과 산노마루 성벽으로 후퇴했다. 한편, 성벽에 남은 김경로는 왜군이 동원한 사다리차가 접근해오는 모습을 냉정히 지켜보았다.

적당히 하란 말만큼 애매한 말이 없었다.

적당이라는 게 대체 얼마큼인가.

김경로는 그 생각을 하다가 이내 고개를 저었다.

그때, 사다리차가 성벽에 거의 접근해왔다.

"쏴라!"

김경로의 명에 남아있던 병사들이 용아의 방아쇠를 당겼다.

"죽폭을 던져라!"

병사들은 탄띠 어깨끈에 매단 죽폭을 뽑아 마구잡이로 던졌다.

펑펑펑!

죽폭이 터지며 접근해왔던 왜군 몇이 고꾸라졌다.

"용아를 쏴라!"

김경로의 명에 병사들은 다시 한 번 용아를 발사했다.

탄환이 빗발치듯 날아가 사다리차 근처 왜군을 쓰러트렸다.

왜군 역시 대나무방패 뒤에 숨어 조총과 활로 반격했다.

김경로는 충분히 공격했다는 생각이 들기 무섭게 소리쳤다.

"연폭을 까라! 퇴각한다!"

김경로의 명에 병사들은 얼른 반대쪽 탄띠 어깨끈에 달아놓은 연폭을 꺼내 불을 붙였다. 그리고 성벽 안에 굴려 넣었다.

이내 뿌연 연기가 가득 차오르기 시작했다.

모든 작업을 마친 김경로는 부하들 먼저 계단으로 내려 보냈다.

신속정확이 무엇보다 중요한 때였다.

연폭의 연막이 병력의 이동을 가려주긴 하지만 잠시 뿐이었다.

"서둘러라!"

병사들은 뛰다시피 계단을 내려와 산노마루 쪽으로 달렸다.

마지막에 혼자 남은 김경로는 성벽 좌우를 훑어본 다음, 계단을 내려갔다. 김경로가 계단을 거의 다 내려왔을 때, 쿵하는 소리가 들리더니 왜군의 사다리차가 사다리를 내려놓았다.

"뛰어라!"

김경로는 뒤쳐진 병사들을 직접 챙겨가며 산노마루로 달렸다.

건물이 복잡하게 지어져있어 애를 먹은 후에야 산노마루에 도착했다. 산노마루 성벽에 기대 거친 숨을 몰아쉴 무렵.

해풍이 소가마에 위에 덮여있던 연폭의 연기를 흩어버렸다.

그 덕분에 소가마에가 다시 눈앞에 모습을 드러냈다. 소가마에 성벽 위에선 사다리를 이용해 넘어온 왜군이 당황한 얼굴로 성채 주변을 수색 중에 있었다. 조선군과의 치열한 백병전을 생각했을 텐데 성벽이 비어있으니 놀랄 만도 했다.

그 모습을 지켜보던 김시민은 바로 참모장을 불렀다.

"궁수를 준비시키시오."

"예, 장군."

대답한 참모장은 미리 준비해둔 궁수를 산노마루 성벽에 대기시켰다. 조선군은 이제 활을 쓰지 않았다. 그래서 한때 한민족을 대표하던 원거리무기였던 활을 보기가 쉽지 않았다.

그렇다고 조선 궁술의 맥이 완전히 끊긴 건 아니었다.

이혼은 궁술 수련장을 만들어 조선 궁술이 맥을 이어나가도록 조치했다. 전이 군 주도였다면 이젠 민간 주도인 것이다.

군에선 활을 전혀 안 쓰느냐하면 그건 또 아니었다.

그 중 대표적인 것이 바로 특수부대가 쓰는 활이었다.

총은 좋은 무기지만 소음기가 없는 상태로 쓰기엔 위험
했다.

소리가 너무 커 잠입 작전에는 어울리지 않았다. 그런
관계로 특수부대는 소음이 없거나, 작은 무기를 애용하는
데 대표적인 무기가 칼, 독침, 그리고 활이었다. 활은 발사
할 때 소리가 나긴 하지만 적을 전부 깨울 정도로 크진 않
았다.

활을 쓰는 두 번째 경우는 효시(嚆矢)였다. 즉, 신호를
보내는 용도였는데 효시를 발사해 공격 개시나, 후퇴를 지
시했다.

활을 쓰는 마지막 경우는 지금처럼 사용하는 경우였다.

산노마루 성벽 위에 올라간 궁수들은 지금 받은 각궁(角
弓)에 불을 붙인 화살을 재었다. 그리곤 김시민의 신호에
따라 상관이 정해준 지점을 조준한 다음, 시위를 살짝 놓
았다.

쉬익!

활시위가 날카로운 소리를 내며 흔들리는 순간.

아침 해를 가른 불화살 수십 개가 소가마에 성벽에 떨어
졌다.

소가마에 성벽을 점령한 큐슈연합군은 깜짝 놀라 방패를 세워 막았다. 그러나 화살은 성벽 위로 날아든 게 아니었다.

조선군이 쏜 화살은 성벽 바닥에 떨어졌다.

그 모습을 본 왜군은 황당한 상황인지라, 웃음이 절로 나왔다. 그리고 화살을 낭비한 조선군에게는 비웃음을 날렸다. 활로 유명한 나라치고는 활솜씨가 너무 형편없었던 것이다.

그러나 그 생각이 깨지는 데는 오랜 시간이 필요치 않았다.

치익!

너무 많이 들은지라, 이제는 꿈에서조차 등장하는 소리가 왜군 귀에 들려왔다. 바로 화약이 탈 때 나는 그 소리였다.

왜군이 소리가 나는 성벽 밑으로 고개를 내리는 순간.

화염이 치솟았다.

그리고 흙이 사방으로 비산했다.

그 직후에 귀청을 찢는 굉음이 들려왔다.

"으아악!"

폭발에 휩쓸린 왜군이 사방으로 날아갔다.

용폭 수십 개가 순차적으로 터지며 성벽을 점거한 왜군에게 심대한 타격을 입혔다. 그러나 아직 놀라기에는 이르렀다.

콰콰쾅!

성벽을 쌓은 바위들이 서로 엇가나며 지진이 난 듯 흔들리기 시작했다. 왜군은 처음에 당연히 지진인 줄 알았다. 다른 어느 나라보다 지진이 많은 나라가 왜국이었다. 심지어 전라사단이 나고야대본영을 점령한 첫날 상당히 큰 규모의 지진이 발생해 김시민을 비롯한 조선군을 당황케 만들었다.

조선에도 지진이 있기는 하지만 이런 규모의 지진을 겪어 본 사람은 없었다. 얼마나 놀랐는지 소변을 찔끔한 병사마저 있을 지경이었다. 왜군은 늘 지진과 함께 하는지라, 대수롭지 않게 여겼다. 그러나 늘 함께하던 지진과는 조금 달랐다.

다른 곳은 멀쩡한데 그들이 점거한 성벽만 흔들렸던 것이다.

쩌억!

급기야 성벽 바닥에 금이 가기 시작했다.

그제야 심상치 않음을 느낀 왜군은 성벽 밑으로 도망치기 시작했다. 그러나 성벽 밑으로 내려가는 계단은 너무 좁았다.

왜군은 먼저 내려가기 위해 옆에 있는 동료를 손으로 밀쳤다. 바닥으로 추락하는 왜군이 수백 명에 이를 지경이었다.

콰콰쾅!

그 사이, 굉음은 점점 더 커져갔다.

그리고 바닥에 가있던 금 역시 점점 커져 성벽을 이루던 돌들이 서로 벌어지기 시작했다. 왜군이 3분의 1쯤 내려왔을 때였다. 더 이상 버티지 못한 성벽이 무너지기 시작했다.

통째로 무너졌다.

하늘과 땅이 뒤집어지는 느낌이었다.

돌과 먼지가 수십 미터까지 치솟아 사방으로 비산했다.

산노마루에서 이 광경을 지켜보던 조선군도 그 충격을 느꼈다.

마치 파도 위에 올라와있는 느낌이었다.

콰콰콰쾅!

굉음은 끊임없이 들려왔다.

하얀 돌먼지와 검은 흙이 소가마에 상공을 뒤덮었다.

오히려 성벽을 무너트린 조선군이 그 위력에 놀랄 지경이었다.

어젯밤 산노마루 퇴각을 결정하기 무섭게 김시민은 회의에 참석한 공병대대장에게 성벽을 무너트릴 수 있는지 물었다.

공병대대장의 대답은 할 수 있다는 쪽이었다.

소가마에가 단단하지 않아 석축을 작업하면 무너트릴

수 있다는 대답이었다. 그리고 이런 상황이 벌어지리라 예상했던 근위군 공병대가 이미 실험해 성공한 전력 역시 있었다.

김시민은 지체 없이 작업하란 명을 내렸다.

공병대대는 석축 중에 중요한 석축을 골랐다.

아귀가 맞는 바위를 이용해 대충 만든 거처럼 보이지만 그 안에는 중심을 이루는 바위가 당연히 있기 마련이었다. 공병대대는 우선 그런 바위를 뽑아냈다. 공을 상당히 들여야 하는 작업이었다. 다행히 아침 해가 뜨기 전에 작업을 모두 마친 공병대대는 바위를 뽑아낸 자리에 용폭을 설치했다.

그러나 그 용폭에 도화선을 설치할 수는 없는 일이었다.

도화선이 길면 중간에 끊어질 위험이 있었다. 또, 왜군에게 발각당해 실패할 가능성 역시 존재했다. 그래서 도화선은 달지 않았다. 그 대신 발화력이 좋은 화약을 근처에 뿌렸다. 불화살을 발사하면 그 불길로 점화가 가능한 양이었다.

작업을 마친 공병대대는 산노마루로 돌아와 기다렸다.

도화선 점화는 공병대대의 일이었으나 지금은 보병에게 맡겼다.

그리고 보병이 불화살을 쏘는 순간, 호기심 가득한 눈으로 상황을 지켜보았다. 그때, 소가마에가 통째로 무너져 내렸다.

작전이 성공했음을 안 공병대대는 기뻐했다.

그러나 한편으로는 두려움이 일었다.

저런 물건을 자신들이 설치했다는 생각에 소름이 쫙 돋았다.

그 만큼 엄청난 위력이었다.

돌먼지가 가라앉은 것은 한참 후의 일이었다.

마치 소가마에가 있던 자리에 먹구름이 끼어있는 것 같았다.

무거운 먼지가 먼저 가라앉았다.

그리고 가벼운 먼지는 해풍에 쓸려 북쪽으로 흩어졌다.

먼지가 가라앉으며 드러난 정경은 참혹했다.

소가마에가 있던 자리에는 거대한 돌무더기가 있었다.

그리고 그 돌무더기에 사람의 형체가 드문드문 끼어있었다.

이번 작전으로 왜군이 얼마나 죽었는지는 모르지만 어쨌든 상당한 타격을 입힌 것은 확실했다. 성벽 계단을 내려와 도망치던 왜군 일부가 무너지던 성벽에 깔려 더 많은 피해가 일어났다. 큐슈연합군 수뇌부는 전 부대에 후퇴를 명했다.

조선군의 함정을 두려워한 것이다.

그러나 다른 함정은 없었다.

후퇴했던 왜군은 그 날 정오가 지나서야 다시 소가마에,

아니 소가마에가 있던 자리에 돌아왔다. 그리고 수습한 병력
으로 오후에 다시 공성을 가했다. 다시 지루한 공성전의 시
작이었다. 그러나 큐슈연합군의 기세는 한풀 꺾인 상태였다.

공성이 전처럼 활발하지 못했다.

그렇게 이틀이 더 지났다.

김시민은 저녁에 김경로와 오응정 등을 불렀다.

가벼운 식사를 하며 하는 회의였다.

식사라고해 대단한 건 아니었다.

말린 쌀과 말린 고기, 그리고 말린 채소를 물과 함께 솥
에 넣어 끓인 죽이었다. 열량이 높아 든든하게 먹어두면
배가 한동안 꺼지지 않아 다들 좋아했다. 특이한 점은 장
교와 병사들이 먹는 군량이 같다는 점이었다. 계급에는 차
이가 있을지 모르지만 먹는 음식에 있어선 차이가 전혀 없
었다.

잠시 후, 사단장 당번병이 쟁반에 죽 그릇을 담아 가져
왔다. 그리곤 계급 순서대로 그 앞에 죽이 든 그릇을 내려
놓았다.

김이 올라오는 게 막 끓인 죽인 듯했다.

장교들은 각자 기호에 맞게 소금이나, 된장으로 간을 했
다. 소금, 된장 모두 장기간 보관이 가능한 조미료였다. 간
을 다 한 후에는 김시민이 먼저 숟가락으로 죽을 떠 입에
넣었다.

허기가 졌던 장교들은 그제야 서둘러 먹기 시작했다.

나무로 만든 그릇이 꽤 컸지만 다들 게 눈 감추듯 죽을 비웠다.

그릇에는 밥 한 톨 남아있지 않았다.

죽 그릇을 내간 후에 김시민이 수건으로 입을 닦으며 물었다.

"보급품은 어떻소?"

군수참모가 대답했다.

"지금까지는 계획대로입니다."

"다행이군. 병기 쪽은?"

병기참모가 대답했다.

"화약무기의 소모가 예상보다 빠릅니다."

"모자라면 바로 이키섬에 있는 수송부대에 연락을 취하시오. 이키섬에 화약무기 재고가 많을 테니 충원이 가능할 것이오."

"알겠습니다."

김시민의 시선이 인사참모 쪽으로 향했다.

"병력 상황은?"

인사참모가 고개를 돌리며 대답했다.

"지금까지 전사 51명, 중상 169명, 경상 371명입니다."

"경상자는 여기서 치료가 가능하오?"

"예, 가능합니다."

"그럼 경상자는 여기서 치료토록 하시오. 그리고 전사자의 유해와 중상자 중에 운송이 가능한 인원은 수송선에 태워 이키섬으로 보내시오. 그리고 중상자 중에 목숨이 경각에 달해 배에 태울 수 없는 경우에는 최선을 다해 치료해주시오."

"알겠습니다."

"차후에 논공행상이 있을 테니 전공을 잘 기록해두시오."

"예."

김시민의 시선이 이번에는 정보참모 쪽으로 향했다.

"시마즈군의 수군은 언제 도착하오?"

정보참모가 기다렸다는 듯 대답했다.

"내일 오전입니다."

"수군은 준비 중이오?"

"예, 통제사대감은 대마도로 다시 돌아갔지만 휘하 함대 중 하나가 남아 시마즈군의 수군이 오기를 기다리는 중입니다."

고개를 끄덕인 김시민이 작전참모를 보았다.

"왜군 기세가 많이 꺾인 거처럼 보이던데 어떻게 생각하시오?"

작전참모가 김경로, 오응정 두 연대장을 힐끔 보며 대답했다.

"쐐기를 박을 시점이라 생각합니다."

"쐐기를?"

"예, 장군. 주상전하께서 저희에게 원하는 것은 왜국의 이목을 이곳에 집중시키는 것입니다. 그렇다면 이곳 나고 야대본영에만 머무를 게 아니라, 조금 더 공격적으로 나서 야합니다. 그래야지 왜국이 이곳 큐슈에만 신경을 쓸 것입 니다."

팔짱을 낀 김시민이 고개를 들어 전각 지붕에 매달린 등 잔을 바라보았다. 왜국에 흔한 고래 기름으로 만든 등잔이 었다.

한참 만에 고개를 내린 김시민이 물었다.

"방법은?"

"내일 수군은 틀림없이 승리할 것입니다."

"그렇겠지. 수군이라면 패할 리 없을 것이오."

"수군이 승리하면 왜군은 어떤 식으로든 영향을 받을 겁니다. 그 때를 노려 기습을 가한다면 큐슈연합군과의 전 투를 생각보다 빠른 시일 내에 마무리 지을 수가 있을 것 입니다."

"기습 방법은?"

"저들이 비밀통로를 이용해 기습해왔던 것을 거꾸로 이 용하는 겁니다. 우리가 먼저 밖으로 나가 측면을 공격하는 거지요."

그 말에 고개를 살짝 끄덕인 김시민이 참모장에게 질문했다.

"비밀통로는 어떻게 되었소?"

"왜군이 들어오지 못하게 막아두었습니다."

"다시 열 수 있겠소?"

잠시 고민하던 참모장이 대답했다.

"예, 열 수 있습니다."

그 말에 김시민이 제장을 둘러보며 말했다.

"좋소. 그럼 내일 작전을 시작하도록 합시다. 성공하면 큐슈연합군에게 심대한 타격을 입혀 이번 전투를 끝낼 수 있을 것이오. 물론, 실패하면 전투는 장기전으로 갈 것이오. 그리고 알겠지만 장기전으로 가면 우리가 훨씬 더 불리하오."

이는 승리 외에는 다른 방법이 없다는 말과 같았다.

김시민의 눈짓을 받은 작전참모가 일어나 봉에 지도를 걸었다. 사단 정보과가 급히 마련한 나고야대본영지역 지도였다.

"그럼 지금부터 작전의 세부사항을 논의하겠습니다."

작전참모의 말에 장교들은 얼른 경청하는 자세를 취했다. 장교들은 먼저 작전의 뼈대를 세웠다. 그리고 뼈대를 세운 곳에 세부사항을 덧붙여 작전이 실행가능하도록 만들었다. 그리고 불의의 사태에 대비한 2차 계획을 같이 만들었다.

그 불의의 사태는 당연히 작전 실패를 의미했다.

물론, 그게 꼭 전투에서 패한 것만 가리키는 것은 아니었다. 이를 테면 날씨가 바뀐다든지 하는 등의 돌발변수 역시 작전에 영향을 미칠 수 있어 그에 대한 대비책이 필요했다.

작전을 다 세운 후엔 각자 자기 부대로 돌아갔다.

그리고 부대에 있는 장교와 부사관을 한 자리에 모아 사단 회의서 결정한 작전 내용을 상세히 설명했다. 이때, 잘못 전달하면 작전이 꼬여 치명적인 결과를 불러올 수 있었다. 그래서 연대장이 사단 회의에 참석할 때는 부연대장을 데려가거나, 아니면 작전장교 등을 같이 데려가기 마련이었다.

연대장이나, 대대장의 작전설명을 들은 하급 장교와 부사관들은 다시 자기 부대에 돌아가 병사들에게 작전을 설명했다.

병사들에게 다 알려줄 필요는 없었지만 핵심적인 내용은 꼭 알려줘야 했다. 그래야 지휘부가 붕괴 당했을 때 병사들이 알아서 생존하거나, 아니면 작전을 진행시킬 수 있었다.

다음 날, 일찍 일어난 큐슈연합군은 지금까지 그랬던 거처럼 소가마에 잔해를 넘어 산노마루 성벽을 공격하기 시작했다.

오늘은 어제와 달리 오전부터 활기찬 공격을 가해왔다.

조선군은 산노마루 성벽이나, 전각 뒤에 숨어 용아를 발사했다.

오전에 시작한 공성은 치열했다. 그러나 이번 공성에 가진 모든 것을 다 투입하지는 않았다. 큐슈연합군 역시 오늘 아침 도착한 시마즈의 수군함대 소식을 기다리는 중이었다.

당연히 조용하던 대본영 앞바다에는 전운이 감돌기 시작했다.

시마즈 다다쓰네가 동원한 시마즈 수군 5천이 마침내 당도해 나고야대본영 앞바다에 진을 친 조선군과 대치중이었다.

시마즈가문은 영지가 대부분 바다와 붙어있었다. 그래서 시마즈의 수군은 육군만큼 발달해있었다. 서쪽 멀리 떨어져있던 류큐왕국을 점령해 복속시킨 곳 역시 시마즈가문이었다.

통제영 우군 우후 김억추가 망원경으로 서쪽 바다에 집결하는 시마즈군 함대를 지켜보았다. 아타케부네와 세키부네를 합치면 거의 100여 척에 이르렀다. 망원경을 내린 김억추가 뒤를 돌아보았다. 그 뒤에 9척의 호선이 자리해 있었다.

1대 10의 싸움이었다.

통제사 이순신이 며칠 전 해병대를 인솔해 대마도로 돌아간지라, 대본영에 있는 전라사단 병력을 바다에서 지켜줄 수 있는 병력은 이제 김억추가 지휘하는 호선 10척이다였다.

그러나 두렵지는 않았다.

오히려 호기가 솟았다.

김억추는 기다리지 않았다.

먼저 출격하란 명을 내렸다.

가진 돛을 모두 편 호선 10척이 시마즈함대 속으로 돌진했다.

5장. 출성(出城)

光海君

5장. 출성(出城)

김억추는 일자진(一字陣)을 펼쳤다.

적의 전선이 더 많은 지금 상황에선 우세한 화력으로 공격하는 일자진이 맞았다. 돌격을 감행하는 통제영 우군함대에 놀랐는지, 시마즈수군이 전선 간의 간격을 좁히려 애썼다.

전선 간의 간격이 좁아야 우군함대의 돌파를 차단할 수 있었다. 시마즈수군의 전선 간 거리가 조금씩 줄어드려는 찰나, 김억추가 승선한 우군함대 기함이 쐐기처럼 파고들었다.

김억추가 하늘로 올린 팔을 힘껏 내렸다.

"쏴라!"

그 순간, 장전한 상태로 기다리던 포병이 일제히 함포를 발사했다. 선수 앞에 설치한 아룡포 석 문과 좌우 양현에 설치한 20문의 해룡포가 동시에 불을 뿜었다. 그 반동이 얼마나 센지, 호선이 용골을 중심으로 접힐 거처럼 삐걱거렸다.

고개를 휙 돌린 김억추가 주변 바다를 빠르게 훑었다.

우군함대 앞을 막아서던 적의 세키부네 한 척이 아룡포가 발사한 포탄에 맞아 통제력을 상실하더니 그 옆에 있는 다른 세키부네 좌현을 들이받았다. 충돌한 세키부네 두 척은 이내 검은 연기를 피워 올리며 사이좋게 침몰하기 시작했다.

그리고 좌우 양현으로 발사한 스무 발의 신용란 중 다섯 발이 양 옆으로 날아가 측면을 공격해오던 세키부네 네 척에 틀어박혔다. 잠시 움찔하는가 싶던 세키부네는 이어 함교부터 터져나가며 화염을 쏟아냈다. 세키부네에 실은 화약에 불이 옮겨 붙었는지, 폭음이 연이어 울리며 그대로 터졌다.

그때, 서로 엉겨 붙은 상태로 가라앉던 세키부네 뒤에서 아타케부네 한 척이 등장했다. 마치 세키부네를 지원하기 위해 나타난 듯 보였는데 함대 기함과의 거리가 생각보다 좁았다.

"충돌에 대비해라!"

소리친 김억추가 얼른 옆에 있는 돛대를 잡았다.

콰아아앙!

엄청난 굉음이 울리더니 기함과 충돌했던 아타케부네가 옆으로 비켜갔다. 아타케부네 선수 왼쪽이 움푹 들어가 있었다.

김억추가 뱃전에 있는 급히 갑판장을 불렀다.

"우리 쪽 피해상황은?"

"선수에 있던 병사 둘과 아룡포 한 문이 바다로 떨어졌습니다."

"보수는 시작했는가?"

"예, 바로 보수반원을 보내 작업 중입니다."

"떨어진 병사들은?"

그 말에 갑판장은 입술을 깨물며 고개를 저었다.

"가라앉아 보이지 않습니다."

갑판장의 보고에 김억추가 고개를 끄덕이며 다시 명을 내렸다.

"갑판장은 방패를 세워 적의 원거리공격에 대비하라!"

갑판장은 시키는 대로 난간 위에 방패를 세웠다.

그 순간, 접근한 시마즈군 전선이 조총과 활을 쏘기 시작했다.

탕탕!

조총 탄환이 방패에 박힐 때마다 마치 악기를 연주하는 듯한 소리가 들렸다. 왜군은 조총에 이어 화살을 발사했다. 그러나 그 역시 방패로 만든 단단한 벽을 돌파하는데 실패했다.

분주히 돌아다니던 갑판장이 적선을 살피다가 소리를 질렀다.

"장군, 적이 화공을 씁니다!"

그 말에 김억추가 급히 명했다.

"갑판병은 선내 화재에 대비하라!"

그 말에 갑판병은 물과 모래를 갑판 위에 늘어놓았다.

잠시 후, 불이 붙은 포락화시(炮烙火矢)가 하늘에서 떨어졌다.

방패로 막아보려 했지만 높은 포물선을 그리는 포락화시를 막을 방법은 없었다. 병사들은 몸을 날려 그 자리를 피했다.

포락화시는 왜군이 사용하는 죽폭이었다. 안에 작약역할을 하는 화약과 살상력을 높이는 쇳조각을 넣어 적을 타격하는 무기로 왜국 수군이 자주 사용하는 화약무기 중에 하나였다.

펑펑펑!

포락화시가 터지며 화염과 쇳조각이 사방으로 비산했다.

"으아악!"

미처 피하지 못한 병사 몇이 화상을 입거나, 아니면 쇳조각에 몸을 찔려 바닥을 뒹굴었다. 김억추는 부상병을 안으로 옮기는 한편, 불길이 뱃전이나, 돛으로 옮겨가지 못하게 물과 모래를 부어 화재를 진압했다. 뱃전과 돛, 둘 다 중요한 곳이었다. 그곳에 피해를 입으면 전선은 운항이 어려웠다.

"쏴라!"

화가 난 김억추가 고함을 치는 순간.

포갑판에 있던 포병이 두 번째 일제포격을 가했다.

가까이 접근해 포락화시를 투척한 왜군 배가 그대로 폭발했다.

포락화시를 던져 공격할 수 있다는 말은 거리가 가깝다는 말과 다르지 않았다. 지근거리서 신용란을 맞은 세키부네는 퇴함할 여유조차 없이 바로 검은 연기에 휩싸여 타올랐다.

"갑판병도 사격을 가해라!"

갑판병은 용아를 방패 사이에 끼워 사격하기 시작했다.

탕탕탕!

용아 탄환이 거친 바다를 가르며 날아가 적선 갑판을 휩쓸었다. 조총을 쏘던 왜군이 피 보라를 뿌리며 허우적거렸다.

"왼쪽으로 변침!"

김억추의 지시에 다리에 힘을 준 조타병이 키를 힘껏 밀었다.

범선에 달린 키는 당연히 파워 스티어링이 아니었다.

바닷물이 가하는 저항을 온 몸으로 이겨내야 조정이 가능했다.

끼이익!

선체가 다시 한 번 까마귀 우는 소리를 냈다.

휘청한 호선이 바람을 받아 조금 왼쪽으로 나아가기 시작했다.

"북쪽으로 변침!"

김억추의 지시가 쉴 새 없이 이어졌다.

그 순간, 왼쪽으로 향하던 호선이 다시 북쪽으로 선수를 틀었다.

그리고 그와 동시에 세 번째 일제포격을 가했다.

펑펑펑!

김억추의 기함을 막기 위해 달려들던 세키부네가 폭발했다.

그 사이, 함대 2번함과 3번함, 그리고 5번함이 차례대로 돌입해 시마즈의 수군을 좌우 양현의 함포로 포격하기 시작했다. 김억추의 기함이 쐐기처럼 시마즈군 함대를 관통하는 사이, 나머지 전선이 뒤를 따라와 엄호포격을 가한 것이다.

시마즈의 수군을 구성하던 세 개의 분함대 중 선봉에 있던 함대가 그대로 박살났다. 김억추는 그 여세를 몰아 시마즈군 중앙에 있는 본 함대를 공격하기 시작했다. 한동안 치열한 전투가 이어졌다. 주로 우군함대가 시마즈의 수군을 공격하는 모양새였지만 시마즈 수군 역시 분전을 거듭했다.

　"3번함 정지! 조타장치에 이상이 생긴 것 같습니다!"

　선미를 감시하던 견시병의 보고에 김억추가 소리를 질렀다.

　"5번함을 보내 3번함을 지켜라!"

　"예!"

　잠시 후, 근처에 있던 5번함이 3번함 앞으로 나와 엄호했다.

　급한 보고가 이어졌다.

　"9번함 후퇴! 가운데 돛에 피해를 입었습니다!"

　"11번함을 앞으로 보내라!"

　그때였다.

　탕탕탕!

　방패를 세워둔 선수에 조총 탄환이 날아드는 소리가 들렸다.

　깜짝 놀란 김억추가 고개를 돌리는 순간.

　방패 끝에 맞아 튕긴 유탄이 김억추의 옆구리에 틀어박혔다.

"윽."

몸이 기운 김억추가 그대로 쓰러지며 계단에 머리를 부딪쳤다.

"장군!"

소리친 병사들이 급히 달려가 김억추를 살폈다.

안에 입은 방탄조끼 밑을 찢으며 들어간 유탄이 옆구리에 박혀있었다. 유탄에 맞은 상처는 크지 않았다. 상처가 덧나면 목숨이 위험할 순 있겠지만 정신을 잃을 상처는 아니었다.

그보다는 쇠로 만든 계단에 머리를 부딪친 충격이 심각했다.

병사들이 당황한 얼굴로 서로를 바라볼 때였다.

항해장이 다가와 재빨리 상황을 살피더니 바로 명을 내렸다.

"부제독에게 사정을 전하고 지휘를 맡아 달라고 해라."

"예!"

"장군을 의원에게 모셔가라. 치료가 시급하다."

"예!"

대답하는 병사들을 보며 항해장이 당부했다.

"이 사실은 너희들과 나만 아는 게 좋겠다. 무슨 말인지 알겠지?"

"알고 있습니다."

대답한 병사들은 각자 맡은 임무를 수행하기 위해 흩어졌다.

조선 수군은 육군에 비해 드나듦이 다소 적은 편이었다.

수군 역시 육군처럼 수군훈련소를 만들어 신병 훈련에 열과 성을 다하는 중이었지만 여전히 그 근간은 기간병이었다.

이순신과 함께 1592년부터 싸워온 병사들이 여전히 수군의 근간을 이루었다. 그래서 그들은 전투 시에 자신이 무슨 일을 해야 하는지, 어떻게 해야 하는지 누구보다 잘 알았다.

오히려 그런 기간병들이 수군사관학교를 졸업한 신임 장교를 무시하는 경향이 강해 문제가 생긴 적이 있을 지경이었다.

기간병은 수군의 진짜 현실을 모르는, 그리고 실전은 치러보지도 않은 신임 장교들이 어깨에 단 계급장을 앞세워 기간병 위에 군림하려는 모습에 불쾌함을 강하게 느꼈던 것이다.

김억추의 부재로 함대 지휘는 2번함 함장 류형(柳珩)에게 돌아갔다. 류형은 2번함의 함장임과 동시에 부제독이었다. 즉, 김억추의 부재 시에 함대를 이끌 의무가 있는 사람이었다.

류형은 연락을 받음과 동시에 명을 내렸다.

"2번함이 선두에 선다! 돛을 올려라! 전속력으로 직진하겠다!"

"예!"

대담한 갑판병들이 속도조절을 위해 말아두었던 돛을 모두 열었다. 바람을 한껏 머금은 돛이 찢어질 듯이 펄럭였다.

속도를 높인 2번함이 기함을 통과해 시마즈군 함대 가운데를 돌파했다. 포신이 달아오를 때까지 포탄을 쏟아 부었다.

갑판에서는 갑판병이 용아로 적선의 왜군을 사냥했다.

콰콰쾅!

기함이 잠시 주춤한 사이에 2번함이 선두에 나와 시마즈 수군을 쓸어버렸다. 류형 역시 이순신과 보조를 맞추며 성장한 장수인지라, 아직 제독만 아닐 뿐이지, 그에 준하는 능력은 이미 갖춘 상황이었다. 김억추의 부재로 위험했던 전황이 류형 덕분에 다시 빠른 속도로 다시 조선군에 유리해졌다.

"11번함은 왼쪽, 9번함은 왼쪽으로 보내라!"

류형의 지시에 꼬리에 있던 11번함과 9번함이 양쪽으로 움직였다. 11번함과 9번함이 동시에 포격에 나서는 순간, 후미를 차다하려던 아타케부네와 세키부네 다섯 척이 박살났다.

선수로 달려간 류형이 손짓했다.

"3번함과 5번함을 보내 적의 중앙을 뚫어버려라! 저기
만 뚫어버리면 이번 전투는 우리의 완승으로 끝날 수 있
다! 쳐라!"

류형의 지시를 옆에 있던 부관이 받아 적더니 수신호와
깃발, 징 등 소유한 모든 통신수단을 활용해 함대에 전파
했다.

그 즉시, 3번함과 5번함이 적 함대 중앙을 돌파했다.

3번함과 5번함의 피해가 가장 적이 화력 역시 강력했
다.

두 호선이 비스듬히 서서 동시에 함포를 발사하니 40발
의 신용란이 양쪽으로 날아가 막아서는, 그리고 놀라 돌아
서는 왜선을 폭파시켰다. 부서진 파편이 수십 미터까지 치
솟았다.

류형은 목이 터져라 소리쳤다.

"중앙이 뚫렸다! 7번함과 8번함이 돌격해 끝장내라!"

류형의 명이 떨어지기 무섭게 7번함과 8번함이 일자진
을 나와 3번함과 5번함이 뚫어놓은 공간으로 진격하기 시
작했다.

펑펑펑!

함포를 쏠 때마다 막아서는 세키부네가 터져나갔다.

류형이 시마즈의 수군의 핵심을 짚었는지, 더 많은 세키

부네가 앞으로 나와 7번함, 8번함의 발목을 잡았다. 결국, 8번함은 사방에서 쏟아져 들어온 왜선에 막혀 진격에 실패했다.

홀로 남은 7번함은 함포를 미친 듯이 발사해 왜군 방어를 돌파했다. 그리고 중앙에 있던 아타케부네에 아룡포를 쏘았다.

아룡포는 해룡포보다 구경이 작았다.

그렇다고 그 위력이 아주 약한 것은 아니었다.

펑펑펑!

아룡포 석문이 일제히 포성을 울리는 순간.

포탄 세 발이 사이좋게 평행선을 그리며 아타케부네로 향했다.

한 발은 아타케부네 옆을 살짝 스쳤다.

처음엔 신관이 작동해 터질 줄 알았는데 불발이 났는지 힘없이 바다에 떨어져 사라졌다. 그리고 두 번째 포탄은 함교 위를 그냥 지나갔다. 거리가 멀어 근접신관이 달려있지 않는 한 신관이 작동할 건더기가 없었다. 그러나 마지막 세 번째 포탄은 달랐다. 어른 팔뚝처럼 생긴 유선형 탄두가 아타케부네 가운데에 틀어박혀 신관이 정상적으로 작동했다.

펑!

폭음과 함께 검은색 연기가 아타케부네 뱃전을 뒤덮었다. 그러나 아타케부네가 바로 작동불능에 빠진 것은 아니었다.

상처 입은 거인처럼 가까스로 몸을 돌려 도망치려하였다.

7번함 함장이 갑판장을 재촉했다.

"속도를 높여라!"

그 말에 갑판장은 다시 갑판병을 보내 돛을 더 피게 하였다.

바람을 빵빵하게 받은 7번함이 도망치는 아타케부네 옆으로 접근했다. 아타케부네 역시 살기 위해 전력을 다하는지라, 거리가 조금씩 좁혀지다가 다시 멀어지기를 반복하였다.

7번함이 아타케부네의 꽁무니를 쫓을 무렵.

크게 우회한 류형의 2번함이 그런 아타케부네 측면을 노렸다.

류형이 돛 줄을 잡으며 고함을 질렀다.

"승조원은 충격에 대비하라!"

그 말이 끝나기 무섭게 2번함과 아타케부네게 충돌했다.

콰아앙!

굉음이 울리는 순간, 2번함이 그 충격으로 옆으로 휙 돌아갔다.

그리고 2번함에게 들이받힌 아타케부네는 크게 기우뚱거렸다. 그러다가 큰 파도에 한 번 더 밀리더니 그대로 넘어갔다.

촤아아악!

아타케부네가 옆으로 쓰러지는 순간, 엄청난 양의 물보라가 2번함과 뒤를 쫓던 7번함 선수에 쏟아졌다. 장교와 병사 할 거 없이 모두 비 맞은 생쥐 꼴로 변했으나 어쨌든 도망치던 아타케부네를 잡음으로 인해 승기를 확실히 가져왔다.

류형은 남은 전선을 내보내 마무리에 들어갔다.

방금 잡은 아타케부네가 적의 기함이었는지, 시마즈 수군은 일사불란한 모습을 더 이상 찾아보기 어려웠다. 우군 함대를 공격하려는 전선이 있는가하면 도망치려는 전선도 있었다.

아침 일찍 시작한 전투는 정오가 지나기 전에 끝났다.

김억추가 만든 일자진 형태의 돌격전술이 잘 먹혀 왜군은 좋아하는 충각전술(衝角戰術)이나, 접근한 다음 벌이는 백병전을 전개하지 못했다. 시마즈군 함대는 김억추의 우군함대가 예전처럼 원거리 포격전으로 나올 줄 알아 자신들이 먼저 선공지 않으면 전투가 일어나지 않을 거라 확신했다.

그러나 그들은 이순신의 통제영 함대를 지휘하는 세 명의 우후 중 김억추가 유달리 공격적이라는 사실을 알지 못했다.

다른 우후, 즉 김완이나 이영남이었다면 적의 공격을 받아치는 전술을 썼을지 모르나 김억추는 그 두 사람과 조금 달랐다.

김억추는 공격이 곧 방어라는 생각을 가진 공격형 제독이었다.

살아남은 시마즈의 수군은 세키부네 열 척에 고바야 서른 척 정도였다. 나머지 전선은 침몰했거나, 침몰 중에 있었다.

그에 비해 우군함대의 피해는 3번함과 8번함, 그리고 9번함이 피해를 입어 운항불능에 빠진 게 가장 큰 피해였다. 그리고 1번함과 2번함은 적함과 부딪치는 바람에 선수쪽에 물이 새는 피해를 입었다. 그러나 3번함과 8번함, 그리고 9번함은 빠른 수리를 통해 정상적인 운항이 곧 가능해졌다.

1번함과 2번함은 선수에 피해를 입긴 했지만 운항이 힘들 정도는 아니어서 해역을 정리한 직후 나고야대본영에 있는 모항으로 돌아갔다. 나머지 수리는 모항에서 할 예정이었다.

모항에 도착한 직후, 류형은 곧장 1번함 의원실을 방문했다.

"제독의 상태는 어떤가?"

류형의 물음에 1번함 담당 의원이 피곤한 표정으로 대답했다.

"상처에 박힌 유탄은 일단 뽑아냈습니다."

"그럼 쾌차가 가능한 것인가?"

의원이 심각한 얼굴로 고개를 저었다.

"몸이 지금 불덩인지라 고비를 넘겨야 알 것 같습니다……."

"으음, 알겠네."

김억추의 치료에 전념하라 명한 류형은 뭍에 올라와 나고야대본영에 있는 전라사단장 김시민에게 승전소식을 전했다.

한편, 그 소식을 받은 김시민은 산노마루 성벽에 뚫려있는 총안에 눈을 가져갔다. 농성 중에는 함부로 몸을 내밀 수 없었다. 몸을 내밀었다가 눈 먼 탄환에 맞으면 끝장이었다.

그가 다치거나, 혹은 전사하더라도 참모장을 비롯한 참모진과 1연대장 김경로, 2연대장 오응정이 있어 당장 무너지진 않겠지만 그가 있는 거와 없는 거의 차이는 아주 지대했다.

총안으로 살펴본 왜군의 분위기는 평소와 다름없었다.

사다리차와 귀갑차 등 공성병기를 다 소모한지라, 대나무방패를 앞세워 최대한 접근한 다음, 그 뒤에서 조총을 쏘았다.

그리고 그 사이 보병이 휴대용 사다리를 산노마루 성벽

에 걸쳐 위로 올라오려하였다. 산노마루를 수비하는 전라 사단 병력은 사다리의 왜군에게 용아를 쏘거나, 죽폭을 던 졌다.

펑펑펑!

심지를 짧게 자른 죽폭이 터질 때마다 사다리에 있던 왜 군이 우수수 떨어졌다. 마치 가을에 잘 익은 벼를 터는 듯 했다.

그러나 그게 다였다.

왜군은 산노마루 성벽 앞에 진을 친 다음, 병력을 조금 씩 나눠 천천히 공성 중이었다. 전력을 다한 공성이 아니 었다.

김시민은 침착하게 기다렸다.

당연히 패전소식보다는 승전소식이 더 빨리 오기 마련 이었다.

다행히 그리 오래 기다릴 필요는 없었다.

얼마 기다리지 않아 큐슈연합군 전체가 술렁이기 시작 했다.

시마즈 수군의 대패소식이 전해진 게 틀림없었다.

5천의 병력에 전선 100척을 동원한 수군이 불과 반나절 을 버티지 못한 것이다. 큐슈연합군은 벌집을 쑤셔놓은 듯 보였다.

왜군의 공성이 눈에 띄게 느려졌다.

그리고 후위부터 조금씩 후퇴하는 기색이 보였다.

마침내 김시민이 기다리던 상황이 온 것이다.

밖으로 나온 김시민은 곧장 성루 밑에 있던 전령을 불렀다.

"1연대와 2연대에게 작전을 시작하라고 해라!"

"예!"

대답한 전령들이 동문과 서문으로 달려갔다.

그 사이, 다시 산노마루 안으로 돌아온 김시민은 포병을 불렀다.

"엄호 포격을 가하라!"

잠시 후, 포병대대장 이능한이 지휘하는 전라사단 포병대대가 대룡포 10문을 큐슈연합군 후위에 겨눠 쏘기 시작했다.

펑펑펑!

10문의 대룡포가 불을 뿜는 순간.

꼬리를 매단 신용란이 10발이 큐슈연합군 후위에 작렬했다.

콰콰쾅!

조금씩 후퇴하던 큐슈연합군은 아닌 밤중에 홍두깨처럼 날아드는 신용란에 당황해 진형이 크게 흐트러졌다. 연기와 흙이 사방으로 비산하며 순식간에 아비규환 현장으로 변했다.

시마즈, 호소카와, 사가라의 가신들이 어떻게든 진정시키려 해보았으나 병력이 말을 듣지 않았다. 시마즈 수군 소식은 원래 주요 가신에게만 전해질 예정이었다. 그리고 그 소식이 패배라면 함구할 계획이었다. 반대로 그 소식이 승전일 경우엔 널리 알려 부하들의 사기를 진작시킬 계획이었다.

당연히 패배했으니 그 소식은 절대 함구였다.

한데 그 말이 가신들에게 전해지는 와중에 다른 곳으로 새어나간 모양이었다. 불과 몇 분 지나지 않아 시마즈 수군이 완패한 소식을 큐슈연합군에 있는 모든 왜군이 알아버렸다.

큐슈연합군은 바로 전투의지를 상실했다. 의지하던 시마즈 수군이 완패했다는 말은 이젠 비빌 언덕이 없다는 말이었다.

술렁이던 큐슈연합군은 누가 먼저랄 거 없이 퇴각에 들어갔다.

그때, 그 동안 포탄을 아끼느라 그랬는지, 오늘은 잠잠하던 조선군 포병이 갑자기 포탄세례를 머리에 퍼붓기 시작했다.

가뜩이나 떨어진 사기에 포탄세례마저 이어지니 통제 불능이었다. 그저 살아남기 위해 남쪽으로 걸음을 옮길 뿐이었다.

김시민은 밑으로 내려와 부관이 가져온 말에 올랐다.

오랜만에 주인을 태운 말이 반갑다는 듯 앞발을 높이 들었다.

김시민은 흥분한 말을 달래며 뒤를 돌아보았다.

성벽을 지키던 나머지 병력이 밑으로 내려와 대기 중이었다.

병력 수는 1천이었다.

김경로와 오응정이 1천씩 데려갔으니 공격부대는 총 3천이었다. 큐슈연합군이 공성에 실패하며 수가 많이 줄었다곤 하지만 거의 열 배에 달하는 적이 성 밖에 있는 상황이었다.

단단한 성을 나와 적을 추격하는 것은 미친 짓이었다.

그러나 때로는 미친 짓을 해야 이길 수 있는 싸움이 있었다.

김시민은 지금이 그때라 생각했다.

철모 끈을 바짝 조인 김시민은 다가온 참모장에게 부탁했다.

"나가 있는 동안, 성을 잘 지켜주시오."

"이쪽은 염려 마십시오."

"그럼."

참모장과 헤어진 김시민은 성문으로 말을 몰았다.

"성문을 열어라!"

잠시 후, 두꺼운 성문이 먼지를 피워 올리며 열리기 시작했다.

쾅!

성문이 다 열리는 순간.

김시민은 보병을 먼저 내보냈다.

그리고 그 다음에 기병의 호위를 받으며 성문을 나왔다.

왜군은 이미 소가마에가 있던 자리를 등산하듯 넘어 남쪽으로 도망치는 중이었다. 김시민은 고개를 들어 하늘을 보았다.

하얀 꼬리를 매단 신용란이 소가마에를 통과하더니 도망치던 왜군의 머리 위에 떨어졌다. 흙먼지가 일대를 뒤덮었다.

"공격하라!"

소리친 김시민은 말을 몰아 앞으로 이동했다.

보병은 속도에 탄력을 받았는지 무인지경으로 달렸다.

왜군이 소가마에 잔해 사이에 만든 길을 넘어 남쪽으로 내려갔다. 곳곳에 무기와 갑옷, 죽은 말들이 한데 뒤엉켜 있었다. 시신은 다 수습했지만 무거운 말은 그냥 둔 모양이었다. 말 시체에 벌레가 가득한 모습은 끔찍하기 짝이 없었다.

김시민은 앞으로 계속 말을 몰았다.

포탄이 떨어진 곳은 모두 달의 분화구처럼 푹 파여 있었다.

김시민은 고개를 돌려 뒤를 돌아보았다.

이능한의 포병은 보병이 소가마에 도착하는 순간, 포격을 멈췄다. 아군 머리에 포를 쏘고 싶은 포병은 절대 없었다.

"서둘러라!"

고개를 끄덕인 김시민은 다시 추격속도를 높였다.

얼마가지 않아 작은 언덕이 봉분처럼 길게 이어졌다.

속도를 높인 김시민은 언덕 위에 올라가 아래를 내려다보았다.

퇴각 중에 있는 왜군 후위가 마침내 모습을 드러냈다.

성을 공성할 때는 그들이 선봉이었지만 퇴각할 때는 후위였다. 선봉에 있던 부대인 만큼 대부분 부상을 입은 상태였다.

퇴각하던 왜군 역시 오래지 않아 언덕 위에 나타난 김시민을 발견했다. 그러나 그들은 김시민을 별로 신경 쓰지 않았다. 뒤쳐졌다가 이제 합류한 왜군 기병대인 줄 안 것이다.

"여기다!"

김시민이 손을 흔드는 순간.

왜군을 수색하던 보병부대가 위로 올라와 용아를 겨누었다.

왜군은 그제야 언덕 위에 나타난 무리가 조선군이라는 사실을 깨달았다. 다시 한 번 아비규환이 벌어졌다. 비명과 고함이 뒤섞여 들려왔다. 도망치려는 자들과 맞서 싸우려는 자들이 충돌하며 서로가 서로의 진로를 방해하는 상황이었다.

김시민은 냉정한 표정으로 손을 내렸다.

그 순간, 수백 정의 용아가 동시에 불을 뿜었다.

총성에 놀란 군마가 다시 앞발을 높이 들어올렸다.

한데 뭉쳐있던 왜군이 태풍이 휩쓸고 지나간 거처럼 쓰러졌다.

큐슈연합군 수뇌부는 잠시 갈등했다.

남쪽 언덕에 있는 진채와의 거리는 이제 300미터에 불과했다. 전력을 다해 뛰면 추적을 쉽게 뿌리칠 수 있는 거리였다.

한데 가만 생각해보니 조선군이 성벽 밖으로 나온 게 이번이 처음이었다. 그들에게 나고야대본영은 통곡의 벽이었다.

그들이 공들여 세운 성을 자신들 손으로 공성해야하는 상황이었다. 성을 건설할 때는 그런 생각을 해본 적이 없었을 것이다. 아니, 조선군이 쳐들어올 거란 생각을 못했을 것이다. 한데 그 성을 부수지 못하면 조선군을 쫓아낼 수 없었다.

큐슈연합군은 공성에 수만 명을 투입했지만 소가마에를 부수는 성과 밖에 거두지 못했다. 그것도 소가마에를 점령한 게 아니라, 조선군이 부순 소가마에 잔해를 얻었을 뿐이다.

그들에게 나고야대본영은 철옹성이었다. 그리고 나고야대본영에 있는 조선군은 철옹성을 지키는 수문장이나 다름없었다.

한데 항상 냉정함을 유지하던 조선군 장수가 그 철옹성을 자기 발로 걸어 나오는 바보 같은 짓을 저지른 것이다. 조선 수군의 승전소식을 듣고 지나치게 흥분한 거처럼 보였다.

큐슈연합군 수뇌부는 잠시 고민했다.

정말 조선군 장수가 냉정함을 상실해 일어난 상황인지, 아니면 암계가 있어 그러는 것인지 판단하기가 아주 애매했다.

큐슈연합군 수뇌부가 고민하는 사이, 김시민이 지휘하는 보병부대가 용아로 사격을 가해 왜군에게 막대한 피해를 입혔다.

더 이상은 고민할 시간이 없었다.

퇴각이든, 맞서 싸우든 빨리 결정을 해야 했다.

호소카와 사가라의 가신들이 먼저 퇴각을 주장했다.

호소카와군과 사가라군은 시마즈 다다쓰네의 계획대로

비밀통로를 이용해 잠입했다가 역공을 당해 크게 상한 상태였다.

더 이상 전투를 지속하기 어려웠다.

좌군과 우군을 맡아줘야 하는 호소카와군과 사가라군이 먼저 퇴각을 주장하니 중군을 지휘하던 시마즈의 중신 아카스카 신켄 역시 전투를 지속하는 것이 어렵다는 판단을 내렸다.

그리하여 진채로 퇴각을 지시하려는데 돌발 상황이 일어났다. 진채에 있던 시마즈 다다쓰네가 직접 전장에 나온 것이다.

진채와 전투가 벌어진 전장과의 거리는 300미터였다.

300미터면 모를 수 없는 거리였다.

전장에 도착한 시마즈 다다쓰네가 아카스카 신켄에게 물었다.

"뭐하는 짓이오?"

"퇴각 중입니다."

"적이 성을 나온 지금이야말로 반격할 기회가 아니오?"

시마즈 다다쓰네의 힐문에 아카스카 신켄이 급히 대답했다.

"조선군 장수는 아주 유능한 자입니다. 아무 계획 없이 나왔을 리가 없습니다. 일단, 진채에 돌아가 재정비해야합니다."

아카스카 신켄의 간곡한 말에 다른 가신들은 고개를 끄덕였다.

그러나 정작 시마즈 다다쓰네는 화를 냈다.

"지금이 아니면 대체 언제 조선 놈들을 상대하겠다는 것이오? 우리 수군이 패하는 바람에 놈들이 기고만장한 것 같은데 지금 기세를 꺾어두지 않으면 우린 패배자로 남을 것이오."

"영주님!"

"듣기 싫소! 빨리 병력을 돌려 조선 놈들을 공격하시오! 놈들은 기껏해야 4천이오! 이미 그대도 아는 사실이지 않소? 한데 그 열 배가 넘는 병력으로 이기지 못한다면 그것만큼 창피한 일이 없을 것이오! 사무라이 명예에 먹칠하는 것이오!"

시마즈 다다쓰네의 말대로 요 며칠 한 공성전으로 얻어낸 정보 안에는 조선군 수가 그리 많지 않다는 게 들어있었다.

아카스카 신켄이 극구 말렸다.

"나고야대본영을 지키는 조선군 장수는 분로쿠의 역 때 몇 만에 가까운 대병력이 쳐들어갔음에도 버텨냈던 자입니다. 오히려 지금보다 그때가 상황이 훨씬 좋았음에도 말입니다."

"사기를 떨어트리는 말은 그만하시오! 계속 항명한다면

그대가 선친과 선대 영주님의 중신이라 해도 용서치 않을 것이오!"

아카스카 신켄은 이미 죽음을 각오했는지 거침없이 말했다.

"영주님, 통촉해주십시오! 병사들의 사기가 너무 떨어져있습니다! 지금 전투를 다시 거는 것은 우둔한 짓일 따름입니다!"

"뭣이?"

쌍심지를 켠 시마즈 다다쓰네가 근위시동을 불렀다.

"저 자를 옥에 가둬라! 내 추후에 엄히 처리할 것이다!"

"예!"

대답한 근위시동들이 아카스카 신켄의 팔을 잡아끌고 갔다.

끌려가던 아카스카 신켄이 고개를 돌리며 소리쳤다.

"냉정해 지셔야합니다! 병사들은 쓰고 버리는 물건이 아닙니다!"

"저 놈이 망발을 지껄이지 못하게 입을 막아버려라!"

눈썹을 꿈틀한 시마즈 다다쓰네가 다른 가신들을 불러 명했다.

"지금 당장 조선군을 공격하시오!"

가신들은 영주의 명인지라, 거절할 명분이 없었다.

가신들은 후퇴하던 호소카와군과 사가라군에 이 사실을 알렸다. 그리고 후위부터 이동해 조선군을 공격하기 시작했다.

마치 뱀이 몸을 돌려 다시 먹잇감을 무는 듯한 자세였다. 물론, 그 뱀이 겁을 먹어 공격이 제대로 통할지는 의문이었다.

대나무방패를 앞세운 큐슈연합군 보병이 언덕 위에 있는 김시민의 보병부대를 향해 진격했다. 성벽에 있을 때보다는 쉬웠다. 눈앞에 있는 언덕은 성벽처럼 높지 않았다. 그리고 성벽처럼 가파르지 않았다. 높이는 3, 4미터였다. 경사도는 40도로 보였다. 사람이 기어오를 수 있는 환경이었다.

거기다 더 좋은 점은 이곳에는 적의 포병과 용조, 용염 등이 없다는 점이었다. 조선군이 아무리 발 빨라도 그들 몰래 이곳에 들어와 함정을 설치하거나, 아니면 성벽에 있던 무거운 화포를 이쪽에 옮겨 조선군을 엄호해주기는 어려웠다.

시마즈 다다쓰네가 언덕 근처까지 다가와 독려했다.

"적은 얼마 없다! 한 번에 몰아붙여라!"

시마즈 다다쓰네의 말에 시마즈군 가신들은 뒤에 대기하던 병력까지 전부 앞으로 내보내 언덕 위의 조선군을 공격했다.

탕탕탕!

조총의 총성이 쉼 없이 들렸다. 흑색화약을 쓰는 조총에선 총을 한 번 발사할 때마다 하얀 연기가 자욱하게 올라왔다. 그리고 왜군 궁병 역시 화살을 쏘아 부족한 화력을 보충했다. 잠시 언덕을 사이에 둔 채 치열한 교전이 벌어졌다.

하마(下馬)한 김시민은 언덕 뒤에 은폐한 상태로 지휘했다.

"죽폭을 굴려라!"

그 말에 죽폭을 꺼낸 병사들이 언덕 밑으로 던졌다.

죽폭이 언덕을 데굴데굴 굴러가다가 펑하며 터졌다.

그리고 죽폭이 터질 때마다 기어 올라오던 왜군이 나뒹굴었다.

"용아를 쏴라!"

김시민의 명령을 받은 병사들이 엎드린 자세로 용아를 쏘았다.

용아와 조총에는 다른 점이 여러 개 있었는데 그 중 하나가 장전의 편리성이었다. 조총은 총구 쪽으로 장전해야 하는지라, 무릎을 꿇는 일조차 쉽지 않았다. 반면, 용아는 약실 쪽으로 직접 장전하는 후장식인지라, 일어설 필요가 없었다. 엎드린 상태로 노리쇠손잡이를 당기면 장전이 가능했다.

엎드린 전라사단 병사들이 언덕을 올라오는 왜군에게 사격을 가했다. 밖으로 드러난 면적이 적을수록 안전하기에 왜군의 조총은 엄폐한 전라사단 병사들을 맞추기 힘들었다.

그에 비해 전라사단 병사들은 언덕을 기어 올라오는 왜군을 내려다보며 정확한 조준 사격을 가할 수 있었다. 100미터가 넘지 않은 언덕의 경사면에 피와 비명, 욕설이 난무했다.

"예비부대를 내보내라!"

시마즈 다다쓰네는 지지부진한 결과에 화가 잔뜩 나 예비부대마저 언덕 위쪽으로 올려 보냈다. 이는 맷돌로 병력을 갈아버리는 상황이나 다름없었다. 시마즈 다다쓰네는 남아있는 멀쩡한 병력마저 모두 맷돌 속으로 집어넣기 시작했다.

날은 이미 어두워진지라, 총구의 화염이 어둠 속에 명멸했다.

탕탕!

화염이 일제히 터질 때마다 언덕을 오르던 누군가가 비명을 질렀다. 전라사단 병사들은 사격에 쓸 조명을 확보하기 위해 횃불을 만들었다. 그리고 그걸 언덕 밑으로 굴려 보냈다.

횃불은 꺼지기 전까지 조명역할을 훌륭히 수행했다.

시마즈 다다쓰네는 정면 공격은 어렵다는 생각을 했는지 시마즈군 좌우를 방어하던 호소카와군과 사가라군에게 정면 언덕을 멀리 우회한 다음, 조선군 후방을 쳐 달라 부탁했다.

시마즈 다다쓰네를 주장(主將)으로 옹립한 게 자신들인지라, 주장의 명을 거절할 명분이 없었다. 그리고 지금은 시마즈 다다쓰네의 방법 외엔 다른 방법이 딱히 없는 상태였다.

호소카와군과 사가라군이 어둠 속을 은밀히 기동해 우회하기 시작했다. 시마즈 다다쓰네는 언덕 위에 있는 조선군의 시선을 자신 쪽에 잡아두기 위해 병력을 계속 올려 보냈다.

호소카와군과 사가라군의 모습이 어둠 속으로 사라지는 모습을 본 시마즈 다다쓰네의 얼굴에 회심의 미소가 떠올랐다.

작전이 성공한 줄 안 것이다.

그때였다.

"와아아!"

좌우 양쪽에서 엄청난 함성이 울리더니 탄환이 빗발치듯 날아들었다. 시마즈 다다쓰네는 얼굴이 핼쑥해져 돌아섰다.

한참 전에 출발한 김경로의 1연대와 오응정의 2연대가

마침내 도착해 시마즈군 좌우 측면에 맹렬한 기습을 가해
갔다.

光海君 12

6장. 주력부대 출격

光海鏡

6장. 주력부대 출격

큐슈연합군은 초반부터 지금까지 3군 체제를 유지했다.

중군에 시마즈, 좌군에 호소카와, 우군에 사가라가 위치했다.

한데 호소카와군과 사가라군이 우회공격을 위해 자리를 비우는 바람에 시마즈군 측면을 방어하던 병력이 사라져 버렸다.

호소카와군이 있어야할 자리가 무주공산인 덕분에 김경로가 지휘하는 1연대 병력 1천 명은 저항을 거의 받지 않았다.

용미를 뽑은 김경로가 시마즈군에게 달려가며 명을 내렸다.

"돌격!"

그런 김경로의 뒤를 1천 병력이 뒤따르며 장전한 용아로 시마즈군 측면을 겨누었다. 그리곤 지체 없이 방아쇠를 당겼다.

땅거미가 진 하늘에 총구의 붉은 화염이 별똥별처럼 반짝였다.

타타탕!

측면을 지키던 시마즈군 기병과 장창부대가 무수히 나뒹굴었다. 사람과 말이 한데 뒤엉켜 뭐가 뭔지 모를 지경이었다.

김경로는 시마즈군과의 거리가 100미터에 이를 때쯤, 급히 주먹을 쥐었다. 정지하란 신호였다. 그러나 날이 어두워 수신호는 신호로 적당하지 않았다. 부하들이 계속 달려갔다.

"1연대 정지!"

김경로의 목소리가 총성 사이를 아슬아슬하게 가르는 순간.

1연대 병력이 차례대로 속도를 줄이기 시작했다.

그러나 둘러보니 모두 멈춰선 것은 아니었다. 흥분했는지, 아니면 총성에 귀가 멀었는지 병사 몇이 계속 앞으로 달렸다.

김경로가 그쪽에 고함을 질렀다.

"간부들은 전선통제 않고 뭐하는 것이냐?"

그 말에 득달같이 달려간 간부들이 이탈한 병력을 수습했다.

김경로는 100미터를 최적의 거리로 보았다.

100미터는 조총의 유효사거리 밖이었다. 물론, 조총의 탄환이 100미터를 날아가지 못한다는 말은 아니었다. 100미터를 날아가긴 하되 적에게 타격을 입히긴 어렵단 말이었다.

반면, 용아의 유효사거리는 이제 150미터를 훌쩍 넘었다. 그러나 굳이 150미터를 유지할 필요는 없었다. 100미터에서 적을 쏘는 것과 150미터에서 적을 쏘는 것은 명중확률과 탄환의 위력 등에 차이가 나는지라, 가까울수록 좋았다.

그래서 그가 생각한 최적의 거리가 100미터였다.

김경로는 적과의 거리를 100미터로 유지하며 사격을 가했다.

조총의 유효사거리 밖에 있다곤 하지만 눈 먼 탄환에 맞아 재수 없게 죽을 가능성 역시 무시하기 어려운지라, 바닥에 엎드려 용아를 발사했다. 시마즈군은 1연대의 기습에 맞서기 위해 중앙에 있던 보병부대 일부를 왼쪽으로 돌렸다.

김경로가 팔을 좌우로 크게 흔들었다.

"교차사격을 가해라!"

연대장의 명령을 받은 병사들이 간격을 벌리며 교차사격을 가했다. 수백 발의 탄환이 진격하는 왜군 중앙을 갈랐다.

왜군은 전력을 높이기 위해 한데 똘똘 뭉쳐있는 상황이었다.

그런 왜군을 상대로 교차사격을 가하니 빗나가는 탄환이 없었다. 교차사격은 말 그대로 교차해 사격하는 전술이었다.

100명의 병사가 전방을 향해 용아를 발사하면 100발의 탄환이 직선으로 날아간다. 병사의 간격이 좁다면 아주 좁은 공간에 100발의 탄환을 동시에 쏟아 부을 수 있는 것이다.

그러나 병사들의 간격을 아무리 좁히더라도 수평으로 날아가는 탄환 사이엔 어쩔 수 없이 공간이 생기기 마련이었다.

병사들 간의 간격이 탄환 사이에도 그대로 미치는 것이다. 그리고 그 공간에 있는 적은 탄환을 맞지 않을 확률이 높았다.

적이 백 명이라면 반 이상은 탄환을 맞지 않았다.

그러나 교차사격은 달랐다. 교차사격은 표적지를 중심으로 안쪽으로 비스듬히 사격하는 방식이었다. 그렇게 사격하면 탄환이 마치 그물을 짜듯 서로 교차하며 표적지를 향하는데 직선으로 사격할 때보다 비는 공간이 훨씬 줄어들었다.

그리고 비는 공간이 줄어든다는 말은 그 만큼 빗나가는 탄환이 없다는 말인지라, 적이 백 명이라면 7할, 많으면 8할까지 용아로 만든 화망(火網)에 갇혀 빠져나올 수가 없었다.

1연대가 가한 정확한, 그리고 효율적인 교차사격에 공격해오던 왜군 선봉은 거의 전멸상태에 놓였다. 왜군 입장에선 생각지 못한 피해로 이대로 계속 진격해야하는지, 아니면 산개해야하는지 갈피를 잡지 못했다. 그리고 갈피를 잡지 못하는 사이에 1연대는 계속 교차사격으로 화망을 강화했다.

17세기 초반 상황에선 왜군의 전술이 더 맞았다.

바다에 사는 물고기가 포식자를 피해 뭉치는 거처럼 이 시기의 군대는 한데 뭉쳐 전력을 끌어올리는 식이 대부분이었다.

이는 이 시기에 사용하는 대부분의 무기가 서로 뭉쳐있을 때 강하다는 점 때문이었다. 이를 테면 장창은 서로 뭉쳐 있을 때 강했다. 적이 장창으로 만든 숲을 돌파할 마땅한 방법이 없는 것이다. 그리고 조총 역시 뭉쳐 있어야 강했다. 장창과는 이유가 조금 다르지만 어쨌든 뭉쳐야 강해졌다.

조총은 명중확률이 떨어져 뭉쳐 사격해야 적에게 큰 피해를 입힐 수 있었다. 명중확률이 낮은 조총을 가지고 멀리 떨어져 사격한다면 그 조총 탄환에 맞을 적은 거의 없었다. 만 발의 탄환을 쏜다면 그 만 발 대부분을 버리는 셈이었다. 그러나 가까이서, 그리고 한데 뭉친 상대로 밀집한 공간에 있는 적에게 사격한다면 효과를 기대할 여지가 있었다.

총이 본격적으로 등장하기 시작한 후, 열을 지어 진격하는 전열보병이 생긴 이유 역시 총의 명중확률이 낮았던 탓이었다.

그러나 조선은 용아 덕분에 그런 시기를 빨리 벗어났다.

용아가 등장하며 조선군 전술에는 커다란 변화가 생겼는데 밀집형태는 줄어든 대신, 산개(散開)가 그 자리를 차지했다.

전투를 이기기 위해선 상대가 보는 표적의 면적을 무조건 작게 해야 했다. 표적이 크면 클수록 강해지는 게 아니라, 오히려 불리해졌다. 이는 현대로 갈수록 경향이 심해지는데 소총이 진화함에 따라 표적이 크면 생존확률이 낮아졌다.

조선은 무기를 용아로 교체하며 새로운 전술형태를 받아들였다. 즉, 훈련소에서 가장 먼저 가르치는 게 산개대형이었다.

산개하면 그 만큼 표적이 작아지니 확 무너질 위험이 없었다.

1연대 병사들은 배운 대로 산개한 상태에서 왜군을 공격했다.

왜군이 아무리 화력을 한곳에 집중해도 산개한 1연대를 단번에 무력화시키기 힘들었다. 산개는 그 만큼 아주 중요했다.

김경로는 달빛이 비추기 시작한 전장을 빠르게 훑어보았다.

왜군은 측면 공격을 방어하기 위해 병력을 계속 증강시켰다.

김시민이 있는 곳은 언덕 위인지라, 지형적인 이점이 있었지만 김경로가 있는 곳은 평지와 다름없어 지형의 이점을 살리기 어려웠다. 그 말은 적이 아군보다 많은 병력을 이용해 사방을 포위해온다면 포위당할 위험이 있다는 말이었다.

왜군은 자신들이 가진 유일한 장점, 즉 숫자의 이점을 살리기 위해 정면과 좌우 측면, 세 방향에서 거리를 좁혀왔다.

"1대대 2중대가 밀리기 시작합니다!"

부관의 말에 김경로의 시선이 2중대 방향으로 급히 돌아갔다.

부관 말 대로였다.

2중대 백 명을 상대하기 위해 왜군 1천여 명이 접근 중이었다. 2중대는 죽폭과 연폭을 모두 사용해가며 저항 중이었지만 희생을 감수해가며 접근하는 왜군을 당해내지 못했다.

김경로의 머릿속에 예하부대의 배치가 떠올랐다.

"3중대장에게 2중대를 지원하라고 해라!"

"예!"

명을 받은 전령이 3중대장이 있는 곳으로 뛰어갔다.

달빛이 있다곤 하지만 그게 대낮처럼 밝다는 뜻은 아니었다. 거리가 수십 미터만 늘어나도 뭐가 뭔지 알 방법이 없었다.

더구나 말을 타고 움직이는 것은 내가 전령이니 빨리 쏴 달라고 말하는 것과 다름없어 뛰어가는 수밖에 방법이 없었다.

명을 제대로 전달했는지 2중대 좌측에 있던 3중대 5소대 병력이 2중대 쪽으로 이동해 위기에 처한 아군을 지원했다.

그러나 그게 끝이 아니었다.

"2대대 3중대가 지원을 요청했습니다!"

"2대대 5중대는 후퇴 중입니다!"

연대본부로 들어오는 보고 중에 마음에 드는 보고가 없었다.

김경로가 고개를 뒤로 돌렸다.

"용두를 얼마나 가져왔나?"

용두는 이혼이 만든 재래식 산탄총이었다.

조총 탄환을 피하기 위해 엎드려있던 병기관이 얼른 대답했다.

"10정입니다!"

김경로는 미간을 찌푸렸다.

10정으로는 포위망을 풀어내기 힘들었다.

그때였다.

바닥에 엎드려있던 병기관이 뭐가 생각났는지 고개를 들었다.

"소, 소완구는 있습니다!"

"소완구?"

"예, 소완구는 군기시가 보병을 지원하기위해 만든 무기입니다."

병기관이 부하에게 뭐라 말하더니 쇠로 만든 통과 받침대를 가져왔다. 쇠로 만든 통은 말 그대로 통이었다. 쇳덩이에 구멍을 뚫은 듯했다. 굵기는 어른 팔뚝정도였으며 길이는 팔 길이와 얼추 비슷했다. 김경로는 믿음이 가질 않았다. 그동안 보아온 대롱포나, 화차에 비해 너무 약해보였다.

"무엇을 쏘는 물건인가?"

병기관이 부하 손에 있던 포탄을 가져왔다.

"이겁니다."

김경로는 포탄을 살펴보았다.

손바닥보다 작은 포탄이었다.

신용란에 비하면 어른과 아이의 차이였다.

"이것도 화약으로 발사하는 건가?"

"예, 이 포탄 뒤에 신관이란 놈이 들어있는데 그 신관이 터지면 안에 든 화약이 탄두를 밖으로 밀어내는 원리라 하더이다."

김경로는 마땅한 방법이 없는지라, 고개를 끄덕였다.

"알겠다. 빨리 설치해라."

"예!"

대답한 병기관은 부하를 불러 소완구를 설치하기 시작했다.

지지대역할을 하는 철판에는 구멍이 있었는데 그 구멍에 쇠말뚝을 박아 바닥에 고정시켰다. 그리고 지지대 위에는 쇠통을 부착했다. 군기시가 보병지원화기로 소완구를 보급한 이유는 지금처럼 야전에서 사용이 간편하기 때문이었다.

소완구를 고정한 후에는 탄두 아래쪽이 밑으로 가게 해 포구에 집어넣었다. 그 순간, 경망스러운 포성이 들리더니 포탄 탄두가 튀어나와 하늘로 곧장 솟구쳤다. 무거운 물건이든, 가벼운 물건이든 중력의 영향을 받아 떨어지기 마련이었다.

추진력을 다 소비한 포탄이 아군 머리 위를 훌쩍 지나더니 진격해오는 왜군 머리 위에 떨어졌다. 펑하는 소리가 들리는 순간, 포탄이 떨어진 곳 근처에 있던 왜군이 나뒹굴었다.

김경로가 보기엔 소완구의 위력이 꽤 괜찮은 듯했다.

물론, 대룡포로 발사하는 신용란정도의 위력은 아니었지만 야전을 치르는 보병에겐 가뭄의 단비와 같은 역할을 해주었다.

"가져온 걸 다 설치해라!"

"예!"

병기관은 바로 가져온 소완구 다섯 문을 연대 지휘부 뒤에 설치했다. 그리곤 진격하는 왜군 머리에 포탄을 퍼부었다.

소완구로 발사한 포탄 덕분에 왜군의 진격이 조금씩 더뎌졌다. 그리고 그 사이, 전열을 정비한 1연대는 용아와 죽폭으로 왜군을 점차 밀어내기 시작했다. 전황이 완전히 바뀌었다.

한편, 언덕 위에서 시마즈군을 공격하던 김시민은 전황을 살펴보다가 호소카와군과 사가라군이 어둠 속으로 사라지는 모습을 발견했다. 그 즉시, 시마즈 다다쓰네의 의도를 알아챈 김시민은 언덕 반대편에 병력을 보내 방어선을 구축했다.

굳이 적을 공격할 필요는 없었다.

앞에서 시마즈군을 상대하는 동안, 적을 막아만 주면 좋았다.

김경로와 오응정이 시마즈군 측면을 공격한지 1시간 쯤 지났을 무렵, 언덕 반대편에서 총성과 함께 고함소리가 들려왔다.

우회한 호소카와군과 사가라군이 김시민 뒤를 기습한 것이다.

그러나 김시민의 재빠른 조치 덕분에 기습은 그 묘를 잃었다.

그저 오도 가도 못한 채 장기전으로 흐를 뿐이었다.

저녁에 시작한 전투는 자정이 지나서야 끝났다.

새파란 빛을 뿌리는 달빛 아래 수천 명의 시신이 바닥에 널려있었다. 그리고 그 중 대부분은 시마즈군의 시신이었다.

아무리 고집 센 시마즈 다다쓰네라해도 이 지경에 이르러선 더 버티지 못했다. 맷돌에 넣을 병력이 남아있지 않았다.

시마즈 다다쓰네는 결국 퇴각하란 명을 내렸다.

시마즈군이 퇴각하는 모습을 본 김시민은 바로 부관을 불렀다.

"불화살을 쏴라! 이대로 추격한다!"

"예!"

부관은 바로 활에 불화살을 재어 허공에 쏘았다.

추격하란 신호였다.

벌떡 일어난 김경로가 부하들에게 외쳤다.

"적을 쫓아라! 이대로 적의 본채까지 점령한다!"

밤새 바닥에 엎드려있던 병사들이 일어나 적을 추격하기 시작했다. 추격은 다음 날 동이 터오기 직전까지 이어졌다.

시마즈군은 진채까지 후퇴하는 동안, 엄청난 병력을 잃었다. 그리고 진채에 들어가는데 성공하기는 했지만 뒤이어 밀어닥친 조선군의 강공에 밀려 진채마저 빼앗기고 말았다.

조선군은 그런 시마즈군을 1킬로미터 가까이 추격하다가 다시 돌아왔다. 시마즈군이 퇴각하기 전에 연락을 보내지 않았던지, 아니면 연락은 보냈지만 제대로 받지 못했는지 호소카와군과 사가라군은 언덕 뒤에 묶인 상태로 밤을 보냈다.

시마즈군을 추격하던 김경로와 오응정은 다시 원래 자리에 돌아와 그런 호소카와군과 사가라군을 양쪽에서 협공했다.

전투는 오전까지 이어졌다.

그리고 정오쯤에 완전히 끝났다.

조선군의 압승이었다.

눈길이 닿는 모든 곳에 왜군이 시신이 널려있었다.

햇빛을 받은 창날과 왜도가 물고기비늘처럼 반짝거렸다.

주인 잃은 군마는 시신이 가득한 전장을 정처 없이 떠돌았다.

냄새를 맡고 모여든 새와 벌레들이 그런 시신 위에 다닥다닥 붙어있었다. 김시민은 전사자와 부상자를 수습해 나고 야대본영으로 돌아갔다. 거의 1박2일 동안 벌인 전투였다.

눈은 빙글빙글 돌았다. 팔다리는 물먹은 솜처럼 축 늘어졌다. 몸에는 흙과 피, 그리고 먼지로 가득해 군복이 원래 무슨 색이었는지 알아보기 힘들 지경이었다. 치열한 사투였다.

그러나 분위기는 그렇게 나쁘지 않았다.

만약, 이번 사투서 패했다면 절망적이었겠지만 다행히 대승한 덕분에 당분간 그들을 괴롭힐 병력이 없는 상황이었다.

김시민은 휴식을 취하는 한편, 정찰대를 보내 흩어진 큐슈연합군 흔적을 쫓았다. 큐슈연합군은 뿔뿔이 흩어진 상태였다. 시마즈 다다쓰네는 병이 들었는지 사쓰마로 돌아갔다. 그게 패한 충격 때문인지, 아니면 진짜 병이 들어 그런 건지는 알 수 없었지만 병이 든 채 사쓰마로 쓸쓸이 귀환했다.

호소카와 타다오키와 사가라 요리후사 역시 재정비를 핑계로 돌아갔다. 아마 당분간은 군을 일으키기 어려울 것이다.

김시민은 내친걸음이라 생각했는지 큐슈 북부를 공략했다. 병력 5천으로 하기엔 힘든 일이었지만 본진이라 할 수 있는 나고야대본영을 굳게 지키는 한편, 큐슈연합군이 흩어지며 무주공산으로 변해버린 큐슈 북부의 여러 성을 공략했다.

히젠에 영지가 있는 류조지가문은 초전에 패해 세력이 꺾인 상태였다. 그래서 기세가 사나운 전라사단병력을 어찌하지 못한 채 발만 동동 구르며 에도막부의 지시를 기다렸다.

시간이 어느 정도 경과한 후, 류조지, 호소카와, 시마즈 등이 차례로 보낸 급보가 마침내 에도에 있는 막부에 전해졌다.

에도막부의 쇼군 도쿠가와 히데타다는 깜짝 놀라 가신들을 소집하는 한편, 슨푸성에 있는 아버지 도쿠가와 이에야스에게 연락했다. 도쿠가와 이에야스는 이미 호소카와 타다오키가 따로 보낸 전령을 통해 조선군의 침입을 알고 있었다.

슨푸성에 있는 자기 측근을 소집한 도쿠가와 이에야스는 조선군의 목적 등에 대해 논의를 벌였다. 그러나 어쨌든 조선군이 큐슈에 침입한 건 변하지 않는 사실이었다. 그리고 막부는 그런 조선군을 큐슈 밖으로 쫓아낼 의무가 있었다.

도쿠가와 이에야스는 우선 주코쿠와 시코쿠의 영주들에게 병력을 일으키란 명을 내렸다. 또, 긴키와 간토의 영주들에게 병력을 준비한 다음, 막부 명을 기다리란 명을 내렸다.

얼마 후 10만 병력의 준비가 끝났다.

도쿠가와 이에야스가 왜국을 손에 넣는 데는 성공했지만 분란의 싹이 완전히 사라진 것은 아니었다. 또, 여전히 봉건체제인지라, 군을 일으키려고 하면 바로 가능한 상황이었다.

도쿠가와 이에야스는 처음엔 직접 조선군을 정벌할 생각이었다. 한데 가만 생각해보니 도쿠가와 히데타다에게 맡겨 쇼군의 위엄을 다른 영주에게 보여줄 필요가 있다는 생각이 들기 시작했다. 실권은 그에게 있었지만 그의 사후에는 어쨌든 아들이 왜국을 다스려야하니 호랑이, 늑대와 같은 영주들에게 누가 그들의 주인인지 알려줄 필요가 있었다.

도쿠가와 이에야스의 명령을 받은 도쿠가와 히데타다는 육군 10만, 그리고 수군 5만 명을 동원해 큐슈로 원정을 떠났다.

그 사이, 슨푸성에 있는 도쿠가와 이에야스는 따로 간토의 병력 10만을 준비시켜 불의의 사태에 대비하기로 결정했다.

도쿠가와 히데타다는 군주로는 훌륭한 편이었다. 그러나 장수로는 아버지 도쿠가와 이에야스에 비해 부족한 점이 많았다.

도쿠가와 이에야스는 도쿠가와 히데타다가 실수할 것에 대비해 미리 만반의 준비를 갖춘 다음, 큐슈의 소식을 기다렸다.

＊

통제사 이순신은 큐슈상륙작전을 성공리에 마친 다음, 하루 더 머무르며 전라사단의 나고야대본영 점령을 지원하였다.

작전을 얼추 마무리 지은 후에는 우군 우후 김억추를 남겨 전라사단의 후방지원을 맡겼다. 김억추에게 주어진 호선은 기함을 포함해 열 척이었다. 그러나 전라사단의 퇴로를 끊기 위해 히젠 앞바다로 올 왜국 전선은 수백 척이 넘었다.

이순신은 떠나기 전에 김억추를 불러 당부했다.

"해로를 사수해야하네. 수군은 불리하면 도망칠 수 있지만 육군은 그럴 수 없네. 해로가 끊기면 굶어죽는 수밖에 없어."

"알고 있습니다."

뒷짐을 쥔 이순신이 먼 바다를 응시하며 긴 한숨을 내쉬었다.

"어려움이 많을 걸세."

이순신의 말에 김억추가 미소를 지었다.

"어렵기 때문에 통제사대감께서 소장을 이곳에 남긴 거라 생각하고 있습니다. 소장의 목숨이 끊어지지 않는 한, 어떻게든 바다를 사수해 육군을 지킬 터이니 염려하지 마십시오."

"그렇게 말해주니 든든하군."

김억추의 어깨를 두드려준 이순신은 나머지 함대와 함께 이키섬으로 돌아갔다. 이키섬은 나고야대본영에 있는 육군과 수군의 배후기지였다. 이순신은 이키섬의 준비를 다시 살펴본 다음, 대마도로 돌아갔다. 통제영함대의 귀환을 정찰선이 확인했는지 이혼과 권율, 권응수 등이 나와 맞았다.

이순신의 군례를 받은 이혼은 작전의 경과에 대해 물어보았다. 그리고 순조롭게 진행 중이라는 보고에 미소를 지었다.

이혼은 고생한 수군 병사들에게 휴식을 부여했다.

비록 갈 길이 먼지라 길게 쉬진 못하겠지만 어쨌든 장도(壯途)를 떠나기에 앞서 몸과 마음을 추스를 수 있는 기회였다.

이혼은 이순신과 권율 두 수장을 이즈하라성에 불러 물었다.

"지금쯤 결판이 났을 거 같은데 어떻게 생각하시오?"

나고야대본영 상륙작전을 직접 지휘한 이순신이 먼저 답했다.

"신이 떠나기 전에 사쓰마의 시마즈가 호소카와, 사가라 등과 함께 나고야대본영 앞에 집결한다는 소식을 들었사옵니다."

이순신의 대답을 들은 권율이 말을 덧붙였다.

"지금쯤 결판이 났을 것이옵니다. 큐슈의 영주들이 두 차례 출병으로 세력이 약해져있다곤 하지만 자기 땅에 들어온 외적을 그냥 둘 리 없으니 큰 싸움이 벌어졌을 것이옵니다."

팔짱을 낀 이혼은 고개를 끄덕였다.

"과인 역시 그리 생각하오. 하면 승패는 어찌 예상들 하시오?"

그 질문엔 권율과 이순신이 같이 대답했다.

"김시민장군이 패할 리 없사옵니다."

"김억추를 남겨두었으니 안심하시옵소서."

두 사람이 그렇다면 그런 것이었다.

그러나 이혼은 긴장의 끈을 결코 놓지 않았다.

"연락이 오면 자세한 사정을 알 수 있겠지. 어쨌든 최악의 경우를 대비해 두 사람은 지원부대 편성을 서둘러주시오. 작전에 차질을 빚더라도 살 수 있는 사람은 살려야할 것이오."

"예, 전하."

이혼은 이어 왜국 지도 조금 오른쪽에 있는 에도를 가리켰다.

"에도막부의 병력이 출발했다면 지금쯤 어디에 있을 것 같소?"

권율이 먼저 오사카성을 가리켰다.

"이쯤이지 않겠사옵니까?"

이순신은 생각이 좀 다른 듯했다.

"그들 역시 큐슈전투의 자세한 전황을 몰라 얼마나 많은 병력을 동원해야하는지 알 수 없겠지만 대규모 병력을 동원하려 할 것은 분명하옵니다. 그래야 안심할 테니 말이옵니다. 그렇다면 시간이 필요할 테니 오와리정도일 것이옵니다."

두 사람의 대답을 듣던 이혼은 손가락으로 주코쿠를 가리켰다.

"주코쿠에 있는 영주들이 큐슈를 지원하려하지 않겠소?"

왜국은 네 개의 섬으로 이루어져있었다. 가장 큰 섬인

혼슈를 시작으로, 큐슈, 시코쿠, 홋카이도였다. 물론, 이 시기 홋카이도는 왜국 영토로 보기 힘든 상태라 제외하는 게 맞았다.

그렇다면 혼슈, 큐슈, 시코쿠로 나눌 수 있는데 큐슈는 지금 전투가 벌어지는 지역으로 동서로 길게 뻗어있는 왜국 영토 중 서쪽 끝에 있으며 조선과 가장 가까운 지역이었다. 그리고 시코쿠는 혼슈 서쪽 밑에 있는 섬으로 가장 작았다.

반면, 면적이 가장 넓은 혼슈는 지리적인, 문화적인 요건 등에 의해 여러 지역으로 나뉘는데 가장 왼쪽부터 차례대로 주코쿠, 긴키, 간토, 도호쿠 등으로 이어졌다. 그리하여 큐슈와 가장 가까운 혼슈지역은 앞서 말한 주코쿠였다. 또, 큐슈와 주코쿠 둘 사이에는 시모노세키해협이 흐르고 있었다.

그 말은 주코쿠의 영주가 시모노세키해협만 통과할 수 있다면 며칠 안에 큐슈에 지원군을 보내는 게 가능하단 말이었다.

그리고 한 가지 문제가 더 있었는데 주코쿠에는 모리가 문 등이 있어 무시할 수 없다는 점이었다. 모리는 한때 주코쿠를 통일한 다음, 긴키를 노렸던 패자였다. 물론, 그 후에 도요토미 히데요시에게 굴복하기는 했지만 오다 노부나가가 살아있을 당시엔 오다군의 서진을 막던 유일한 가문이었다.

도요토미 히데요시에게 항복한 후에는 도요토미가와 가깝게 지냈다. 그 결과, 임진왜란에 거의 5만이 넘는 병력을 동원했는데 고바야카와 다카카게가 죽는 등 엄청난 피해를 입었다.

정유재란에는 임진왜란 때 입은 피해가 너무 막심해 마에다 도시이에나, 우에스기 카게카츠가 모리가문 대신 전면에 나섰는데 결과적으론 그게 모리가문에 행운으로 작용했다.

마에다 도시이에와 우에스키 카게카츠, 시마즈 요시히로 등 왜국에 명성이 진동하던 대영주들이 돌아오지 못한 것이다.

그러나 그 후의 선택은 실패였다.

모리가문은 도요토미 히데요시 사후에도 도요토미가문과 친밀하게 지냈다. 그 결과, 이시다 미쓰나리가 도쿠가와 이에야스를 상대로 일으킨 세키가하라에서 서군으로 참전하였다.

심지어 이시다 미쓰나리 등의 추대를 받아 서군의 주장을 맡기에 이르렀다. 그러나 영주 모리 테루모토는 할아버지 모리 모토나리처럼 모리가문 전체를 통제하는 데는 실패했다.

결국, 세키가하라전투에서 깃카와군을 이끌던 깃카와 히로이에의 배반을 막지 못해 서군 전체가 패하는 결과를 불러왔다.

그러나 어쨌든 깃카와 히로이에가 도쿠가와 이에야스의 동군에 붙은 덕분에 전후, 모리가문은 명맥을 이어갈 수 있었다.

만약, 깃카와 히로이에가 도쿠가와 이에야스에 협력하지 않았다면 전후에 모리가문은 영지를 개역당해 멸망했을 것이다.

모리가문은 영지가 세키가하라전투 이전보다 많이 줄어들긴 했지만 여전히 주코쿠서 강한 영향력을 행사하는 중이었다.

만약, 모리가문이 시모노세키해협을 건너 큐슈에 지원 간다면 나고야대본영에 있는 전라사단은 휴식을 취할 틈이 없었다.

심지어 큐슈연합군과의 전투가 한창이라면 또 다른 대군을 같이 상대해야한다는 말인지라, 전라사단에게 좋지 않았다.

권율은 자신 있는 얼굴로 고개를 저었다.

"모리는 먼저 움직이지 못할 것이옵니다."

"이유가 무엇이오?"

"모리는 큐슈에 침입한 우리군의 숫자를 정확히 파악하지 못했을 것이옵니다. 그런 상태로 섣불리 나섰다가 패하면 막부의 책망을 피하기 어려울 테니 쇼군이 주코쿠에 도

착할 때까지 대기하며 바다를 건널 준비를 하고 있을 것이
옵니다."

이혼의 시선이 이순신 쪽으로 돌아갔다.

"통제사의 생각은 어떻소?"

"도원수와 같사옵니다. 모리는 막부와 같이 움직일 것
이옵니다."

이순신의 대답에 이혼은 왜국 지도를 다시 빠르게 훑어
보았다.

모리군이 막부군과 같이 움직인다면 당분간은 나고야대
본영에 있는 전라사단과 통제영 우군에 대한 걱정을 덜 수
있었다.

그렇다면 지금부터 상의해야할 것은 이쪽의 작전이었
다.

이혼의 손가락이 혼슈 서쪽 위에 있는 섬을 하나 가리켰
다. 아니, 섬 하나라기보다는 섬이 모여 있는 제도에 가까
웠다.

"전에 말한 거처럼 주공의 1차 상륙지점은 이곳 오키섬
이오."

오키섬은 현재 주코구 시마네현에 속해있는 섬이었다.

그리고 오키섬이 속해있는 그 시마네현은 독도를 자기
네 땅이라 우기는 곳이었다. 20세기 초중반, 대한제국을
멸망시킨 일본은 패망한 후에도 독도를 다케시마라 부르

며 자기들 마음대로 시마네현 오키제도의 행정구역에 넣어버렸다.

일본이 독도를 자기네 땅이라 우기는 이유는 한반도를 강제로 합병하기 훨씬 전부터 오키섬 어부들이 독도에 출입하며 어업활동을 벌였으니 20세기에 강제로 합병한 영토에는 독도가 들어있지 않다는 말이었다. 그리고 강제로 합병한 영토에 독도가 없으니 돌려줄 필요 역시 없다는 이유였다.

물론, 우리 입장에선 말 같지 않은 소리였으나 일본은 도요토미 히데요시가 내부의 불만을 외부에 전가해 해결했듯, 그리고 메이지유신을 거치며 근대화한 일본 정부가 자원강탈과 소비시장의 확보라는 이유로 조선을 공격했던 것처럼, 우익의 결집과 확대라는 목적을 가지고 수십 년이 지난 지금까지 독도를 다케시마라 부르며 한국을 자극하고 있었다.

그들이 독도를 다케시마라 부르는 이유 중 가장 큰 이유가 바로 오키섬의 어부가 수백 년 전부터 독도에 출입했다는 점이었다. 그런 관계로 오키섬은 우리와 전혀 관계없는 섬은 아니었다. 역사적으로 보면 중요한 장소 중에 하나였다.

그러나 이혼이 오키섬을 주목한 이유는 다른데 있었다.

큐슈에 진출하기 위해 중간 기항지로 대마도와 이키섬이 필요하듯 혼슈 중부에 침입하기 위해 중간기지가 필요했다.

만약, 육지에 중간 기지를 건설하면 최악의 경우 포위당할 위험이 있어 좋지 않았다. 그래서 섬을 중간기지로 삼아야하는데 동서로 길게 뻗어있는 혼슈에는 오키섬이 있는 오키제도가 그나마 상륙지점으로 생각한 장소와 가장 가까웠다.

이혼은 손가락으로 오키섬에 동그라미를 그렸다.

"이번에는 대마도처럼 빠져나가는 사람이 없어야하오."

이혼의 말에 권율과 이순신이 고개를 끄덕였다.

이미 작년 겨울, 작전을 처음 세울 때 했던 말이었다.

권율이 먼저 입을 열었다.

"현재 대마도에 들어와 있는 육군 5만과 수군 5천을 한번에 상륙시키는 것은 현실적으로 힘들 것이옵니다. 그러니 선봉부대를 편성해 오키섬 일대를 빠르게 장악해야하옵니다."

이혼은 바로 대꾸했다.

"선봉은 황진의 1사단이 좋겠소."

"신 역시 같은 생각이옵니다. 황진이라면 믿을 수 있사옵니다."

권율의 대답을 들은 이혼이 고개를 돌려 이순신을 바라보았다.

"수군은 누가 좋겠소?"

"신이 가겠사옵니다."

"통제사가 직접 말이오?"

"예, 전하. 어차피 신이 맡아야하는 일이니 신이 가겠사옵니다."

이혼은 흔쾌히 승낙했다.

"좋소. 통제사가 선봉으로 가서 오키섬 일대를 장악해 주시오. 과인과 도원수는 후속부대와 함께 통제사 뒤를 따르리다."

"성은이 망극하옵니다."

이순신은 바로 주공부대의 선봉편성에 들어갔다.

사실, 선봉이라 해서 선봉부대 전체가 동시에 출발하지는 않았다. 당연히 선봉의 선봉역할을 하는 부대가 따로 있었다.

이번 작전에서는 그 임무를 최담령이 이끄는 별군이 맡기로 하였다. 최담령의 별군은 왜국 어선 세 척에 나눠 승선했다.

최담령 등이 탄 어선이 동쪽으로 향한 다음 날, 이순신이 직접 지휘하는 통제영 중군이 근위군 1사단과 함께 출발했다.

선봉치곤 꽤 많은 1만 병력이었다.

조선군 선봉부대는 동쪽으로 계속 항해하며 조심을 기했다.

멀리까지 조업 나온 왜국 어선에 발각당하는 날에는 전라사단을 억지로 큐슈에 밀어 넣어 얻은 이득을 취할 수가 없었다.

이순신은 왜국 어선이 평소 조업 나오는 해역을 조사해 그 북쪽을 항해했다. 그렇다고 너무 북쪽으로 올라가면 방향을 잃을 위험이 있는지라, 적당한 선을 유지해가며 항해했다.

한편, 가장 먼저 출발한 별군 100여 명은 세 척의 왜국 어선에 나눠 탄 상태로 목적지가 있는 오키섬을 향해 나아갔다.

별군 대장인 최담령부터 노를 젓는 말단 대원까지 전부 왜국사람처럼 앞머리를 왕창 밀어버린 상태였다. 또, 옷 역시 왜국 어부가 입는 옷을 입었으며 이마엔 하얀 띠를 둘렀다.

어선 곳곳에 숨겨둔 무기만 아니면 영락없는 왜국 어선이었다.

어선 선수에 나와 바다를 지켜보던 최담령은 고개를 저었다.

어디를 둘러봐도 망망대해였다.

육지라곤 코빼기도 보이지 않았다.

어선인지 알고 따라오는 갈매기와 가끔 푸른 바다 위에 나와 물을 뿜어대는 고래만이 이채로운 광경에 속할 뿐이었다.

그 외엔 하나부터 열까지 똑같았다.

지루했다.

그리고 불안했다.

육지나 어선이 없다는 말은 육지와 아주 멀다는 의미였다. 이런 곳에선 1도만 방향이 달라도 목적지를 수 킬로미터 벗어날 수 있었다. 아니면, 목적지를 그냥 지나칠지도 몰랐다.

지루함과 불안함 사이서 갈팡질팡할 무렵.

견시를 맡은 대원 하나가 선수에 있는 말뚝을 잡더니 몸을 앞으로 길게 뻗었다. 해 가리개를 만들어 전방을 살펴보는 행동을 봐서는 무언가를 발견한 모습이 틀림없어 보였다.

최담령이 달려가 견시 대원에게 물었다.

"뭐가 있나?"

"배가 다가옵니다."

최담령이 눈을 부릅뜨며 물었다.

"적선인가?"

그 말에 대답은 않고 계속 살펴보던 대원이 고개를 돌렸다.

"적선은 아닙니다. 어선처럼 보입니다."

"어선이라……."

그때, 옆으로 다가온 부대장이 물었다.

"어찌 할까요?"

"혹시 모르니 일단 준비는 해놓아라."

"알겠습니다."

최담령은 대원이 나눠 탄 세 척의 배에 경보를 발했다.

적선이든, 어선이든 발각당해 좋은 점은 없었다.

주먹을 쥔 손에 힘이 잔뜩 들어갔다.

그 사이, 두 어선 사이의 거리가 빠르게 좁혀들었다.

7장. 교두보

光海錄

7장. 교두보

최담령은 뱃전에 있던 대원 몇을 내려 보냈다.

좁은 뱃전에 서른 명의 대원이 모여 있으면 의심할 게 틀림없었다. 사실, 이런 규모의 어선에는 어부가 많이 필요 없었다.

최담령은 왜국 말에 능한 대원을 미리 옆에 세워놓았다.

그리고 상대 어선이 가까이 다가오기 기다렸다.

견시를 맡은 대원이 제대로 보았는지 평범한 어선으로 보였다.

늙은 어부 한 명이 선수에 나와 그들을 지켜보는 중이었다. 그리고 그 옆에는 아들처럼 보이는 젊은이가 늙은 어부에게 기대있었는데 배를 곪았는지 얼굴이 노랗게 떠있었다.

그때, 노인이 간청하는 표정으로 뭐라 소리쳤다.

목소리가 잔뜩 쉬어있는 게 그 동안 계속 소리를 지른 듯했다.

최담령이 대원에게 물었다.

"노인이 뭐라 하는 것인가?"

"물과 식량이 떨어졌답니다."

대원의 대답에 미간을 찌푸린 최담령이 입을 가리며 말했다.

"노인에게 표류 중이냐 물어봐라."

대원은 시키는 대로 물었다.

잠시 후, 노인이 눈물을 글썽이며 대답했다.

대답을 들으며 고개를 끄덕이던 대원이 최담령에게 통역했다.

"저들은 사흘째 표류중이라 합니다."

"흐음."

미심쩍은 표정을 지은 최담령이 반대편의 부대장에게 물었다.

"자넨 어찌 보는가?"

부대장이 애매하다는 표정으로 대답했다.

"반반으로 봅니다."

"반반?"

"예. 정말 표류 중일지도 모르지요. 하지만……."

최담령의 고개가 옆으로 살짝 돌아갔다.

"하지만?"

"왜구일 가능성 역시 있습니다. 저들이 수군은 아닐 테니까요."

"그렇겠지."

최담령의 말에 부대장이 물었다.

"결정하셨습니까?"

"결정했네. 선실에 있는 애들을 준비시키게. 배를 붙여야겠어."

부대장이 걱정스러운 얼굴로 물었다.

"긁어 부스럼 만드는 거 아닙니까?"

"어부든, 수적이든 이 근방은 훤할 테니 도움을 받아야겠어."

"예."

대답한 부대장은 선실에 내려가 부하들을 준비시켰다.

그 사이, 최담령은 배를 어부의 배 좌현에 붙이라 명령했다.

배 사이의 거리가 빠르게 줄어들었다.

늙은 어부가 고맙다는 듯 머리를 연신 꾸벅거렸다.

최담령은 그러지 말라는 듯 손을 저어보였다.

그때였다.

쉭!

구리 빛을 발하는 물체 하나가 최담령의 미간으로 쏘아
져왔다.

최담령은 급히 고개를 틀었다.

치익!

귀 옆을 아슬아슬하게 스친 물체가 뒤에 있는 선체 기둥
에 박혔다. 최담령은 뒤를 힐끗 보았다. 별 모양의 표창이
었다.

"적이다!"

부하의 외침에 고개를 돌린 최담령은 눈을 부릅떴다.

뱃전 밑에 엎드려있던 수적들이 벌떡 일어서더니 조총
을 겨누었다. 최담령은 급히 뱃전 밑으로 몸을 날렸다. 그
순간, 조총의 총성이 콩을 볶듯 이어지며 판자에 구멍이
뚫렸다.

나무 파편이 불꽃놀이 하듯 선체 위를 날아다녔다.

최담령은 고개를 돌려 선실 입구를 보았다.

고개를 살짝 내민 부대장이 그를 바라보았다.

어찌할지 묻는 눈빛이었다.

최담령은 수신호로 기다리라 지시했다.

알아들었는지 부대장이 열어둔 문을 다시 닫았다.

최담령은 허리춤에 감추어둔 용미를 꺼냈다.

속으로 하나둘셋을 센 최담령은 난간 위로 고개를 내밀
었다.

조총으로 제압 사격한 수적들이 뱃전에 사다리를 거는 중이었다. 몸동작이 재빠른 게 한두 번 해본 솜씨가 아니었다. 어부들이 먹고 살기 힘들어 수적으로 전락한 게 아니었다.

용미를 두 손으로 잡은 최담령이 사다리에 올라서는 수적의 가슴을 겨누었다. 그리고 바로 방아쇠를 당기니 총성이 울리며 총구가 올라갔다. 수적은 비명을 지르며 나자빠졌다.

용미를 다시 허리춤에 넣은 최담령은 발로 궤짝 문을 걷어찼다. 펑소리가 나며 문이 부서졌는데 궤짝 안에는 용아와 왜도 등이 가득 들어있었다. 최담령은 그 중 왜도를 하나 꺼내 기다렸다. 동료가 난데없이 쓰러지는 바람에 잠시 멈칫한 수적들은 이내 욕을 마구 퍼부으며 사다리를 건너왔다.

선실 안쪽에도 숨어있었는지 수적의 수가 순식간에 서른을 넘어갔다. 손에는 왜도와 방패, 단창, 작살 등이 들려있었다.

최담령은 수적 두 명이 뱃전에 내려서는 순간, 손에 쥔 왜도로 바닥을 훑듯 한 차례 휘둘렀다. 칼날이 단단한 무언가에 걸린다는 느낌을 들기 무섭게 양손으로 힘을 더 주었다.

"으아악!"

비명을 지른 수적들은 잘려나간 발목을 보며 믿을 수 없다는 표정을 지었다. 그러나 이는 엄연한 현실이었다. 최담령의 손짓에 각자 피해있던 대원들이 나와 용아를 발사했다.

탕탕탕!

용아의 탄환이 빗발치듯 날아가 사다리 위에 있던 수적들을 쓸어버렸다. 이제 수적도 허름해 보이는 어선에 탄 게 어부가 아니란 사실을 알았다. 그렇다면 수적이 취할 수 있는 행동은 두 가지였다. 도망치거나, 아니면 계속 싸우거나.

수적들이 당황해 거취를 놓고 입씨름하는 사이.

벌떡 일어난 최담령이 뒤에 있던 부대장에게 외쳤다.

"지금부터 배를 탈취한다!"

"예!"

대답한 부대장은 대원들에게 엄호사격을 명했다.

그리고 대원 몇을 불러 사다리를 건너는 최담령의 뒤를 쫓았다. 용아로 제압사격을 가하니 수적은 고개조차 들지 못했다.

그 사이, 사다리를 건넌 최담령은 허리춤에 꽂아두었던 죽폭을 꺼내 뱃전에 던졌다. 잠시 후, 펑하는 소리가 들려오더니 사다리 앞에 숨어있던 수적이 피를 뿌리며 나자빠졌다.

그 틈에 무사히 뱃전에 내려선 최담령은 피를 흘리며 일어서는 수적의 가슴에 왜도를 찔러 넣었다. 수적은 급한 김에 팔을 올려 가슴에 박힌 왜도를 잡았다. 최담령은 왜도를 힘껏 비틀어 뽑았다. 그리고 비틀거리는 왜군을 걷어 찼다.

뒤로 밀려난 왜군은 난간에 부딪쳐 기우뚱하다가 뒤로 넘어갔다. 최담령은 뒤로 한 걸음 재빨리 물러섰다. 그 순간, 단창이 쉭 소리를 내며 앞을 지나갔다. 최담령은 앞으로 다시 크게 한 걸음 디디며 수중의 왜도를 비스듬히 내리쳤다.

촤악!

얼굴부터 배까지 일자로 갈린 수적이 단창을 놓으며 쓰러졌다.

최담령은 앞으로 달려가 선실 안을 힐끔 보았다.

시커먼 총구가 바로 앞에 있었다.

"이크."

최담령은 급히 옆으로 돌아서며 귀를 막았다.

탕!

조총의 탄환이 허공으로 날아갔다.

최담령은 죽폭을 하나 더 꺼내 불을 붙였다.

그리곤 선실 안에 던져 넣었다.

"폭발한다!"

최담령이 귀를 막은 채 뒤로 급히 돌아서는 순간, 펑하
는 소리가 들리며 선실에 있던 집기와 나무 파편이 튀어나
왔다.

그 사이, 사다리를 건너온 부대장은 선미 끝으로 이동하며
저항하는 수적을 제압했다. 물론, 거의 다 사살에 가까웠다.

최담령은 죽폭을 던진 선실 안으로 뛰어들며 호구를 방
어했다.

왼쪽에서 칼바람소리가 세차게 일었다.

최담령은 왼쪽으로 구름과 동시에 오른쪽에 칼을 휘둘
렀다.

촤악!

무언가 갈리는 소리가 들리더니 온몸에 화상을 입은 수
적이 벌렁 넘어갔다. 죽폭은 운 좋게 피했지만 최담령의
칼은 피하지 못했다. 뒤이어 진입한 대원들이 선실 사이를
돌며 수적을 찾아내 제거했다. 최담령은 선실 위쪽으로 올
라갔다.

계단을 오르는 순간.

화약 냄새가 짙게 풍겼다.

최담령은 뒤따라온 대원을 끌어안으며 뒤로 물러섰다.

탕!

조총의 총성이 울리더니 계단 앞의 벽에 구멍이 뚫렸다.

대원은 허리춤에서 꺼낸 죽폭에 불을 붙여 계단으로 던

졌다. 한데 좀 전에 당할 뻔했던 기억이 아직 남아있는지 성급하게 올라가려하였다. 최담령은 급히 목을 잡아 끌어당겼다.

펑!

죽폭이 터지며 화염과 쇳조각이 훅 밀어닥쳤다.

눈이 튀어나올 듯 커진 대원에게 최담령이 침착히 타일렀다.

"죽폭은 던지고 나면 항상 속으로 셋까지 세고 뛰어들어야한다."

"예……."

대원의 어깨를 두드려준 최담령은 계단 위로 올라갔다.

별군 대원은 모두 고된 과정을 통과한 전문가였다. 그리고 전군 최고라는 자존심이 엄청나 그들을 깔보다가 큰 코 다친 사람이 적지 않았다. 방금 전 치명적인 실수를 한 대원은 자신의 실책을 만회하기 위해 엄청난 훈련을 할 것이다. 별군은 지휘관이 따로 개인 훈련을 지시할 필요가 없었다. 그 전에 자신의 자존심이 먼저 용납하지 못하는 것이다.

죽폭에 직격당한 수적 하나가 바닥에 널브러져있었다.

최담령은 미간을 찌푸렸다.

벽과 바닥에 수적이 뿌린 피와 살점이 흘러내려 엉망이었다.

피 냄새와 화약 냄새가 뒤섞여 골이 지끈거렸다.

선실을 수색한 최담령이 빨리 나가려는데 벽이 살짝 움직였다.

최담령은 아차 싶었다.

선실 안쪽 벽 뒤에 비밀 문이 있었던 것이다.

수적들이 생각할 법한 장치였으나 피하기에는 이미 늦었다.

문이 열림과 동시에 조총의 총구가 튀어나왔다.

입술을 잘근 깨무는 순간.

탕!

총성이 울렸다.

최담령은 급히 자신의 몸을 살폈다.

그러나 구멍이 뚫린 곳은 없었다.

거리가 2, 3미터에 불과해 조총의 탄환이 빗나갈 리 없었다.

그렇다면 가능성은 하나 밖에 없었다.

최담령은 고개를 돌렸다.

방금 전 죽폭으로 실수했던 대원이 안도의 숨을 쉬고 있었다. 그리고 그의 손에는 총구에 연기가 흐르는 용아가 있었다.

최담령의 시선이 다시 비밀 문으로 향했다.

조총을 쏘려하던 수적이 이마에 구멍이 뚫려 쓰러져있었다.

대원이 달려와 물었다.

"괜찮으십니까?"

"괜찮네. 자네 덕분에 질긴 목숨을 이어가게 생겼어."

"아, 아닙니다."

수적의 시신을 살펴본 최담령이 놀란 얼굴로 물었다.

"처음부터 이마를 노린 것인가?"

"예……. 놈의 손가락이 방아쇠에 걸려있는지라, 즉사시키지 못하면 대장님이 위험할 것 같아 이마를 노려보았습니다."

최담령은 감탄한 표정으로 물었다.

"이름이 뭔가?"

"김돌석입니다."

"대단한 솜씨였네. 자넨 앞으로 저격수의 임무를 맡아야겠어."

그 말에 김돌석이 머리를 긁적였다.

"예, 저도 싸우는 것보단 총을 잡는 게 마음이 편하긴 합니다."

최담령은 김돌석을 거듭 칭찬하며 뱃전으로 내려왔다.

두 사람이 밑으로 내려왔을 때는 이미 상황이 끝난 후였다.

대원들은 수적들의 시신을 거두어 바다에 던졌다.

그리고 살아남은 수적 두 명을 붙잡아 배로 돌아왔다.

최담령의 손짓에 퇴함하던 부대장이 죽폭 몇 개를 꺼내 던졌다.

펑펑펑!

폭음과 화염이 일며 수적의 배가 불길에 휩싸였다.

최담령은 다시 동쪽으로 항해하며 붙잡힌 수적을 심문했다.

심문한 결과, 수적들이 오키섬 출신으로 밝혀졌다.

전화위복이었다.

최담령은 수적들을 앞세워 오키섬을 찾아갔다.

최담령이 지휘하는 별군의 실력을 이미 똑똑히 본 터라, 수적들은 고분고분 말을 들었다. 이런 자들은 본능적으로 약한 자에겐 강하게 굴고 강한 자에겐 약하게 굴기 마련이었다.

그렇게 하루를 더 항해했을 무렵.

마침내 기다리고 기다리던 육지가 보였다.

최담령은 부연대장에게 턱짓을 해보였다.

부연대장은 그 즉시 수적을 선미 쪽에 데려가 처리했다.

뒤처리까지 깔끔하게 끝낸 최담령은 밤이 오기를 기다렸다.

다행히 오래 기다릴 필요는 없었다.

땅거미가 지기 무섭게 연무가 짙게 끼어 그들을 감춰주었다.

최담령은 불빛 하나 없는 해안가를 바라보며 서있었다. 아니, 해가 지기 전에 해안가이던 곳을 바라보며 서있었다는 게 맞았다. 지금은 안개가 너무 짙게 끼어 시야가 거의 없었다.

더구나 등화관제를 실시한지라, 배가 아니라, 바다에 둥둥 떠 있는 듯했다. 가끔 바다에 빨려 들어가는 느낌마저 들었다.

밤눈이 밝은 부대장이 고양이처럼 날랜 걸음으로 다가왔다.

"언제 올 거 같습니까?"

"생각보다 안개가 너무 짙군."

그때였다.

어디선가 노 젓는 소리가 들려오기 시작했다.

최담령은 혹시 몰라 휴식하던 대원들을 기상시켰다.

적이든, 적이 아니든 일단 준비는 해놓아야 했다.

최담령의 손짓에 대원들이 장전한 용아로 사주경계를 취했다.

노 젓는 소리가 커지더니 어느 순간, 뿌연 물체로 변했다. 그리곤 그들을 향해 다가왔다. 최담령의 심장박동이 빨라졌다.

뿌연 물체가 거의 선수에 닿을 만큼 가까이 접근했다.

최담령은 눈을 부릅떴다.

상대의 정체를 파악하는 게 우선이었다.

두 사람이 간신히 탈만한 고깃배였다.

배 안에는 양손에 노를 쥔 사람이 혼자 앉아있었는데 별군 배를 발견했는지 손가락을 부딪쳐 신호를 보내기 시작했다.

세 번, 두 번, 네 번.

미리 맞춰놓은 신호와 맞아떨어졌다.

최담령 역시 손가락을 부딪쳐 그쪽에 신호를 보냈다.

두 번, 세 번, 다섯 번.

상대 역시 최담령을 알아보았는지 긴장을 푸는 모습이었다.

그러나 상대의 정체를 확인만 했을 뿐이었다.

선뜻 먼저 자기 목소리를 내려하지 않았다.

결국, 마음이 급한 최담령이 먼저 목소리를 조금 높여 물었다.

"국정원 외사서 나오셨소?"

"그렇습니다."

상대의 대답에 최담령은 밧줄다리를 내걸어 상대를 배 안으로 불렀다. 그리곤 선실 안에 들어가 촛불을 켰다. 배 창문에 두꺼운 가죽을 대놓은지라, 빛이 새어나갈 일은 없었다.

최담령은 그제야 상대의 얼굴을 제대로 볼 수 있었다.

머리를 정수리까지 밀어버린 홍안의 청년이었다.

청년이 최담령과 부대장의 얼굴을 번갈아보더니 최담령에게 머리를 숙여보였다. 이번이 초면이었지만 용모파기를 통해 자신이 만날 사람이 누구인지 이미 파악해둔 게 분명했다.

국정원다운 일처리였다.

"국정원 외사 3과에 속해있는 윤(尹)입니다."

외사 3과는 첩보부대였다.

적성국, 아니면 잠재적인 적성국에 잠입해 정보를 빼내는 기관이었다. 외사 1과는 정보 분석, 2과는 방첩임무를 맡았다.

윤이 인사치레로 물었다.

"오는데 어려움은 없었습니까?"

최담령은 며칠 전 있었던 수적과의 싸움에 대해 털어놓았다.

다 들은 윤이 고개를 끄덕였다.

"일처리를 확실하게 해두었을 테니 문제없을 거라 생각합니다."

마주 고개를 끄덕인 최담령은 오키섬을 그린 지도를 꺼냈다.

윤이 지도를 보더니 빙그레 웃었다.

자기가 보낸 지도였던 것이다.

아랑곳 않은 최담령은 지도를 펼치며 물었다.

"우리가 작업해야하는 곳을 알려주시오."

윤은 손가락으로 오키섬의 남부 해안지대를 가리켰다.

"다른 섬에는 사람이 살지 않으니 이쪽 섬의 남부해안
만 깨끗이 정리하면 섬을 완벽히 통제할 수 있을 거라 생
각합니다."

"알겠소."

고개를 끄덕인 최담령은 윤의 안내를 받아 상륙에 들어
갔다.

안개가 워낙 짙게 끼어있는지라, 윤의 도움이 필수였다.

원래 안개 속을 항해하는 일은 바보 같은 짓이었다.

목적지를 제대로 찾지 못해 그런 게 아니었다.

시야가 없어 튀어나온, 그리고 바다 속에 숨어있는 암초
와 부딪치거나, 아니면 정박한 다른 배에 충돌할 위험이
있었다.

그래서 파도가 칠 때와 안개가 끼어있을 때 모두 출항을
금지하는 것이다. 둘 다 어선처럼 작은 배엔 치명적이었
다.

윤은 섬에 잠입한 이후 줄곧 어부로 위장해 해로에 해박
했다. 윤의 고깃배가 앞장서준 덕분에 별군이 탄 세 척의
배는 사람의 눈에 띄지 않는 해안가에 상륙할 수가 있었
다.

"짐을 내려라."

배에 실은 무기를 모두 내린 별군은 윤이 미리 조사해둔 길을 따라 남부 해안으로 내려갔다. 그리고 해안 근처에 머물며 휴식을 취했다. 작전 시간은 내일 자정이었다. 그리고 내일 자정에는 이순신의 상륙함대가 도착할 예정이었다.

낮에 휴식을 취한 최담령은 바다를 먼저 관찰했다.

예정은 예정일 따름이었다.

기후가 나쁘거나, 아니면 적선을 만나 시간을 지체했을 경우, 예정한 시간보다 늦어질 수 있었다. 그리고 시간이 맞지 않으면 작전 사이에 공백이 발생해 실패할 위험이 있었다.

이국의 바다를 바라보던 최담령은 마음을 조금 놓았다.

바다는 조용했다.

파도조차 높지 않았다.

작전 개시에 대한 권한은 최담령에게 있었다.

상황이 좋지 않으면 미루거나, 포기할 권한 역시 그에게 있었다.

부대장이 다가와 조심스레 물었다.

"결행하실 겁니까?"

"자넨 어떻게 생각하는가?"

부대장은 질문에 대한 답을 생각하다가 입을 열었다.

"오늘이 아니면 힘들 것 같습니다."

"이유가 뭔가?"

"잠입한지 이제 이틀째입니다. 오래 걸릴수록 들통 나기 쉽지요. 뭐가 뭔지 모를 때 해치우는 게 가장 좋을 거 같습니다."

부대장의 대답을 곱씹던 최담령이 결연한 얼굴로 돌아섰다.

"오늘 한다."

"알겠습니다. 애들을 준비시키지요."

부대장은 대원들이 있는 곳으로 걸어갔다.

혼자 남은 최담령은 밤바다를 바라보다가 돌아섰다.

이제 작전을 시작할 때였다.

그가 이번 작전에 실패한다면 큐슈에 상륙한 병력 7, 8천 명이 목숨을 희생하가며 얻은 기회를 날려 버릴 수 있었다.

마음을 한 번 더 다잡은 최담령은 분대장 열 명을 호출했다.

별군은 100명으로 이루어져있는데 대장과 부대장을 제외하면 가장 높은 계급이 분대장이었다. 분대장은 10명으로 이뤄진 분대를 지휘하며 개별적으로 작전을 수행할 능력이 있었다. 오히려 병력이 많으면 많을수록 기밀성이 떨어졌다.

"모래시계를 꺼내라."

최담령의 명에 분대장들이 품속에 있던 모래시계를 꺼냈다.

"거꾸로 들어라."

분대장들은 시키는 대로 모래시계를 거꾸로 들었다.

모래가 밑으로 떨어지기 시작했다.

최담령의 말이 이어졌다.

"그 모래가 다 떨어지는 시간이 작전 개시시간이다. 그 말은 즉, 그 모래가 다 떨어지기 전에 제 위치에 있어야한 말이다."

"예."

"임무를 반드시 성공시켜야한다. 이건 자존심이 걸린 일이야."

"예."

"부하들 잘 챙겨라."

"예."

"적에게 잡혔을 때 처신하는 방법은 알고 있겠지?"

최담령의 말에 분대장 열 명이 각자 고개를 끄덕였다.

별군 대원은 잡히거나, 포위당했을 때 구조를 기다리지 않았다.

"시작해라."

최담령의 지시에 분대장 10명이 자기 분대원을 찾아 움직였다.

그리고 1, 2분 후에는 어둠 속을 가르며 각자 맡은 위치로 출발했다. 오늘 새벽과 저녁에 윤의 안내를 받아 사전 정찰을 모두 마친지라, 조명의 도움 없이 길을 찾아낼 수 있었다.

최담령은 1분대와, 부대장은 10분대와 움직였다.

검은색 옷으로 갈아입은 최담령은 이마, 얼굴, 팔, 발목, 치아 등, 빛을 반사할 위험이 있는 모든 곳에 검은 재를 칠했다. 그리고 마지막으로 왜도 날에 검은 재를 정성스레 발랐다.

준비를 모두 마친 최담령은 1분대와 함께 오키섬 남쪽 해안 항구를 찾았다. 오키섬에서 가장 중요한 항구로 전선과 어선이 옹기종기 모여 있었다. 최담령의 1분대가 항구에 진입하는 순간, 생선냄새를 맡고 모여든 짐승들이 흩어졌다.

최담령은 주먹을 쥐어보였다.

그 즉시, 1분대원 10명이 흩어져 경계 자세를 취했다.

잠시 후, 1분대장이 최담령 옆으로 유령처럼 다가와 물었다.

"정찰을 시킬까요?"

최담령은 말없이 고개를 끄덕였다.

최담령의 허락을 받은 분대장은 직접 병사 둘을 지목해 정찰을 보냈다. 한 명은 최담령이 아는 얼굴이었다. 바로 수적과 싸울 때 그의 목숨을 구해준 경험이 있는 김돌석이 었다.

정찰대는 그로부터 10여분 후 숨을 조금 헐떡이며 돌아왔다.

"부두를 지키는 자는 없었습니다."

만족한 얼굴로 고개를 끄덕인 최담령이 다시 물었다.

"배는?"

김돌석이 앞에 나와 대답했다.

"전선 서너 척에 나머지는 고깃배였습니다."

"고깃배의 수는?"

"100여 척이 넘어보였습니다."

김돌석의 대답을 같이 들은 1분대장이 물었다.

"어떻게 할까요?"

"배를 다 없애긴 어려우니 처음 계획한 대로 처리한다."

"예."

대답한 분대장은 갖고 있던 모래시계를 꺼냈다.

모래가 조금씩 떨어지더니 어느 순간, 바닥을 완전히 드러냈다.

최담령이 먼저 몸을 일으켰다.

"가자."

그림자 밖으로 나온 최담령은 항구 안으로 깊숙이 진입했다.

얼마 후, 그들은 오키섬 항구의 부두 안쪽에 자리를 잡았다.

최담령의 눈짓을 받은 대원들이 어깨에 멘 가방을 열어 용폭을 꺼냈다. 어른 허리만한 두께인지라, 그 폭발력은 무시무시한 수준이었다. 용폭을 부두 안쪽에 설치한 대원들은 도화선을 길게 뽑아 안전한 장소까지 이동했다. 용폭의 위력이 워낙 강해 안전거리를 확보하지 않으면 자기가 죽었다.

최담령은 배가 정박해 있는 부두에 용폭 네 개를 설치했다. 그리곤 다시 원래 있던 자리로 돌아와 심호흡을 하였다.

대원들의 시선이 최담령의 얼굴에 쏟아졌다.

최담령은 잠시 눈을 감았다가 뜨며 고개를 끄덕였다.

부시를 꺼낸 분대장이 도화선에 불을 붙이더니 귀를 막았다.

치이익!

도화선의 불길이 빠른 속도로 용폭을 향해 달려갔다. 마치 불 뱀이 기어가며 어둠을 밝히는 듯했다. 최담령은 도화선이 용폭에 닿을 찰나에 고개를 돌리며 양쪽 귀를 틀어막았다.

콰콰콰쾅!

엄청난 폭음이 울리며 바위를 쌓아 만든 부두가 터져나갔다.

"이동!"

소리친 최담령은 재빨리 일어나 다른 곳으로 달렸다.

다른 용폭이 터지는지 지켜볼 필요는 없었다.

첫 번째 용폭은 도화선의 불길이 중간에 끊어질 경우, 다시 설치해야하지만 첫 번째 용폭 점화에 성공한 경우에는 굳이 기다릴 필요가 없었다. 알아서 연달아 터지는 것이다.

그들이 항구를 거의 나왔을 무렵.

퍼엉!

두 번째 용폭이 터지며 나무로 만든 다리가 하늘로 솟았다. 그리고 세 번째와 네 번째 용폭이 차례대로 터지는 순간, 부두 안에 정박한 배가 밖으로 나갈 길이 모두 막혀버렸다.

단 네 개의 폭탄으로 부두 하나를 완전히 봉쇄하기 위해선 치밀한 사고와 많은 경험이 필요했다. 부두를 봉쇄한다는 말은 배가 출입하는 수문에 장애물을 설치한다는 말과 같은데 별군은 그 동안 쌓은 경험을 바탕으로 완벽하게 해냈다.

최담령이 직접 지휘하는 1분대를 시작으로 오키섬에 있는 크고 작은 항구와 부두에서 폭발음이 울리며 불길이 치솟았다.

국정원 첩보요원 윤이 전한 정보에 의하면 오키섬을 지

키는 병력은 많지 않았다. 다른 세력이 쳐들어오는 경우가 거의 없는지라, 섬에 굳이 많은 병력을 배치할 필요가 없었다.

"이곳과 이곳, 그리고 저곳에 설치해라."

"예!"

최담령의 지시를 받은 대원들이 항구로 들어오는 길목에 용조를 깔았다. 그리고 그 좌우에는 용염을 다수 설치했다.

"옵니다."

성으로 정찰 갔던 대원의 말에 최담령이 산개하란 명을 내렸다.

명을 내린 최담령 역시 얼른 나무 뒤에 엎드렸다.

그때, 김돌석이 옆으로 다가오더니 용아로 길 쪽을 겨누었다.

최담령이 고개를 돌리며 그에게 물었다.

"자주 보는군."

김돌석은 생긴 거와 다르게 수줍음을 타는 모양이었다.

머리를 긁적이며 대답했다.

"대장님을 지켜드리라고 해서……."

"자네 분대장이 말인가?"

"예."

"뭐 나쁘지 않군."

소곤거리던 최담령이 입에 손을 가져갔다.

조용하란 뜻이었다.

잠시 후, 벌레 우는 소리 사이로 말발굽소리가 어지럽게 들렸다. 그 동안의 경험에 비추어봤을 때. 최소 30기 이상의 기병이었다. 폭발소리를 들음과 동시에 바로 달려 나온 것이다.

고개를 돌린 최담령이 김돌석에게 물었다.

"가운데 놈을 저격할 수 있나? 꼭 맞출 필욘 없다."

침을 꿀꺽 삼킨 김돌석이 고개를 끄덕였다.

최담령은 김돌석과 자리를 바꿔주었다.

최담령이 있는 장소가 저격하기에 더 좋았다.

잠시 후, 달빛을 받으며 나타난 기병대가 빠른 속도로 항구를 향해 질주했다. 그리고 그 뒤를 보병 수백 명이 따랐다.

보병은 앞서가는 기병을 따라가기 위해 안간힘을 쓰는 중이었다. 그러나 아무리 빨리 달려도 말보다 빨리 달리기는 힘들었다. 기병대와 보병부대 사이에 간격이 점차 벌어졌다.

최담령이 수신호를 보내는 순간, 김돌석이 용아 끝을 하늘에 세웠다가 천천히 내려 질주하는 기병의 가슴에 조준했다.

말은 쉽지 평범한 병사들은 해가 밝은 대낮에, 그리고 완전히 동작을 멈춘 표적을 맞추는 일조차 버거워하는 편이었다. 별군의 사격실력이 일반 보병에 비해 훨씬 뛰어나기는 하지만 맞추기 힘든 상황에서 기적을 연출하지는 못했다.

처음에는 긴장한 거처럼 보이던 김돌석의 얼굴이 순간 부드럽게 풀렸다. 얼마 전 자신이 한 말대로 용아를 잡으면 마음이 편해지는 모양이었다. 별군에 들어왔다는 말은 백병전이 아주 강하다는 말일 텐데 특이한 병사임엔 틀림없었다.

원래 칼이나, 창을 잘 쓰는 병사들은 원거리무기를 잘 다루지 못했다. 반면, 활을 잘 쓰는 병사들은 용아에 쉽게 적응했는데 활과 총이 다른 듯 보이지만 기본은 같기 때문이었다.

별군은 근접전을 벌이는 경우가 훨씬 많아 대부분 칼과 창 같은 냉병기에 능했다. 그런 점으로 볼 때 확실히 특이했다.

숨을 멈춘 김돌석이 방아쇠를 천천히 당기다가 힘을 주었다.

탕!

총성이 울리는 순간.

기병부대 가운데 위치한 왜군 하나가 바닥에 굴러 떨어졌다.

기병이 타고 있는 군마만 맞춰도 엄청나다 보았는데 달빛 하나에 의지해 바람처럼 달리는 기병을 정확히 저격해 내었다.

"예전이었다면 신궁소리를 들었겠군."

최담령이 감탄하는 사이.

저격당한 기병이 쓰러지며 일대에 혼란이 생겼다.

말은 겁이 많은 동물이었다.

군마나, 경주마는 특수한 훈련을 받아 좀 덜하기는 하지만 그 본성이 어디 가는 것은 아닌지라, 사람보다 동물이 먼저 반응했다. 세차게 달리던 기병대의 행렬이 혼란에 빠졌다.

총성을 찾아 달리는 기병이 있는가하면, 두려움에 질려 뒤로 빠지는 기병도 있었다. 서른 명이 기병이 사방으로 달렸다.

최담령이 급히 손짓했다.

그 순간, 길 쪽에 매복해있던 대원들이 일어나 용아를 쏘았다.

대부분 허공을 갈랐으나 효과는 충분했다.

대원들의 숫자가 적은 것을 본 적들이 길 쪽으로 달려왔다.

적을 유인한 대원들은 언덕 위로 도주했다.

최담령은 길에 표시해둔 곳을 유심히 관찰했다.

그 순간, 용조를 밟은 기병이 그대로 터져나갔다.

왜군 기병은 급히 말을 세우려했으나 관성을 버티진 못했다.

달려 나가던 힘을 멈추지 못해 용조지대에 들어갔다.

콰콰쾅!

용조가 터지며 흙이 10미터까지 비산했다.

마치 흙비가 우박처럼 쏟아지는 듯했다.

신중한, 그리고 겁이 많은 적이었다면 후퇴했을 것이다.

그러나 이번 상대는 그런 성격이 아니었다.

오히려 불같이 분노해 방금 전 도망친 대원들을 쫓아 언덕 위로 군마를 몰았다. 앞장선 자가 대장인지, 사방으로 흩어지던 부하들이 그 뒤를 쫓아 언덕 위로 올라오기 시작했다.

기병을 따라오던 보병 역시 마찬가지였다.

보병은 사방에 조총을 쏘아대느라 부산을 떨었다.

별군이 어디 숨어있는지 모르기에 닥치는 대로 총을 쏘았다.

그 모습을 본 최담령은 미소를 지었다.

적은 실전경험이 거의 없었다.

조총은 용아와 달리 장전에 시간이 많이 걸렸다.

그 말은 장전해둔 첫발이 아주 중요하단 말이었는데 적

은 보이지 않는 대원을 향해 쏘며 귀중한 첫발을 낭비해버렸다.

최담령이 손짓하는 순간.

용염을 담당한 대원들이 도화선에 불을 붙이며 뒤로 피했다.

치이익!

다시 한 번 불 뱀이 풀숲을 헤치며 적에게 접근했다.

실전경험이 떨어진다는 말은 조선군의 전술 역시 모른다는 뜻이있다. 자신들을 향해 다가오는 불 뱀의 정체를 전혀 모르는지 신기한 눈으로 쳐다보며 전혀 움직이지 않았다.

콰콰쾅!

용염이 엄청난 화염을 쏟아내며 폭발하는 순간.

근처에 있던 왜군이 폭발 충격에 휩쓸려 날아갔다.

용염은 한 두 개가 아니었다.

인계철선을 깔아둔 거처럼 연달아 폭발하며 일대를 지옥으로 만들었다. 기병, 보병할 거 없이 모두 불벼락을 맞았다.

최담령이 지휘하는 별군은 부두를 폭파시켜 해안을 일시적으로 봉쇄했다. 그리곤 내륙에 들어와 항구를 지키러 가는 왜군의 발을 묶었다. 아군이 상륙할 시간을 벌어준 것이다.

한편, 최담령이 목이 빠지게 기다리던 이순신의 통제영 선봉은 호선의 육중한 동체를 앞세워 해안가에 접근 중이었다.

이순신은 주지하다시피 꼼꼼한 성격이었다.

너무 꼼꼼해 부하 장수가 불만을 터트릴 지경이었다.

이순신은 사후선을 보내 해안을 정찰했다. 별군이 어련히 알아서 잘했겠지만 직접 확인해야 직성이 풀리는 성격이었다.

그런 후에는 방덕룡의 해병대를 뭍에 올려 보냈다.

오키섬에 정박해있던 전선 몇 척은 별군의 폭파공작에 벌써 파괴당한 터라, 조선 수군을 견제할 수단이 전혀 없었다.

해병대 다음에는 근위군 1사단 병력을 올려 보냈다.

이는 오키섬 점령 작전이 시작했음을 알리는 신호탄이었다.

8장. 오키섬

光海鑑

8장. 오키섬

상륙작전은 아주 복잡한 양상을 보이기 마련이었다.

가장 중요한 것은 제해권이었다.

제해권을 가져야 상륙부대가 해안에 접근이 가능했다.

물론, 현대전에서는 제해권만큼이나 제공권이 중요하지만 지금은 제공권이란 개념이 존재하지 않을 시기니 상관없었다.

오키섬의 제해권은 사실상 주인이 없는 상태였다.

오키섬에 정박해있는 세키부네 몇 척 제거에는 수군이 나설 필요조차 없었다. 이미 별군공작에 박살이 난지 오래였다.

제해권을 장악한 후에는 병력을 상륙시켜야했다.

제해권을 장악하는 데는 수군이 필요하지만 수군이 상륙해 육지를 점령할 순 없는 일이었다. 그래서 뭍에 빨리 상륙해 요충지를 확보하는 부대가 필요했는데 그게 해병대였다.

해병대의 임무는 해안을 점령해 육군의 상륙의 돕는 데 있었다.

방덕룡이 지휘하는 해병대는 이미 몇 차례 실전을 거친지라, 빠른 속도로 해안을 점령해나갔다. 그리고 해병대가 주요 길목을 점령한 후엔 본격적으로 육군이 상륙하기 시작했다.

육군은 근위군 1사단 병력이 주를 이루었다.

1사단 상륙에는 총 2, 3일의 시간이 필요했다.

1사단 병력만 내린다면 그보다 적은 시간이 필요하겠지만 지금은 사람과 물자를 동시에 하역해야하는 상황인 것이다.

1사단 중 가장 먼저 내린 부대는 전투부대가 아니었다.

직할 공병대대가 가장 먼저 해안에 상륙해 작업에 들어갔다.

수송선단이 해안 가까이 접근하려면 별군이 폭파한 부두를 다시 재건해야했다. 멀리서 작은 배에 실어 옮기는 것보다 해안 가까이 붙어 기중기로 내리는 게 훨씬 편한 것이다.

공병대대는 사람의 힘으로, 사람 힘으로 부족할 경우엔 가축의 도움을 받아 부두 앞을 막은 장애물을 제거했다. 그리고 치운 자리에 돌과 나무 등을 이용해 새 부두를 만들었다.

공병대대가 부두를 완성한 곳으로 수송선단이 들어와 짐을 하역했다. 수송선단은 앞으로 대마도와 오키섬을 몇 번 더 왕복해야하는지라, 자신과의, 그리고 시간과의 싸움이었다.

이순신은 작업을 지휘하는 한편, 오키섬을 포함한 오키제도 전역을 세밀히 순찰해 정보가 새어나가는 것을 차단했다.

일단, 정보가 섬 밖으로 새어나가는 것을 막는 데는 성공했다. 그러나 안심하기에는 일렀다. 밖으로 나가려는 시도는 막았지만 섬으로 들어오려는 시도 역시 막아야하는 것이다.

오키섬은 무인도가 아니었다.

사람이 왕래하는 곳인지라, 몇 척의 배가 항시 오갔다.

이순신은 왜국 말 잘하는 부하를 어선에 태워 바다에 보냈다.

그리고 그들에게 섬으로 들어오려는 배가 있으면 일단 멈추게 한 다음, 섬에 전염병이 돈 관계로 출입이 어렵다는 말을 하라 명했다. 아무리 담이 큰 자도 전염병이 돈 섬에 들어올 생각은 못할 것이다. 그리고 그들은 오키섬에 전염병이 돈다는 사실을 본토에 있는 사람들에게 퍼트릴 것이다.

이순신은 그 틈에 오키섬을 병참기지로 구축할 생각이었다.

한편, 그날 새벽이 오기 직전.

최담령의 별군은 오키성 점령 작전을 시작했다.

차가운 새벽바람을 맞아가며 오키성 해자 앞에 도착한 최담령은 얼른 주먹을 쥐어보였다. 대원들은 그 즉시 사방에 흩어져 사주경계에 들어갔다. 물이 흐르는 듯한 동작이었다.

최담령은 풀숲 사이를 포복으로 기어갔다.

시야를 가리는 나뭇가지를 마지막으로 걷어내는 순간.

오키성 주위를 둘러싼 해자가 보였다.

고개를 들어 5, 6미터 높이의 성벽 위를 관찰했다.

경계를 서는 왜군의 그림자가 보였다.

병력은 그다지 많지 않았다.

항구 쪽으로 유인해 처리한 병력이 생각보다 많았던 것이다.

최담령은 뒤에 있던 분대장에게 손가락 두개를 펼쳐보였다. 그리고 손가락으로 오키성을 에워싼 해자를 다시 가리켰다.

분대장은 주먹으로 가슴을 쳤다. 알아들었다는 의미였다. 주위를 둘러보던 분대장은 김돌석을 지목하더니 2인1조를 구성해 포복으로 전진하기 시작했다. 성벽 위를 순찰하는 왜군이 그 일대를 지나갈 때마다 자리에 멈춰 움직이지 않았다. 시간은 걸리지만 안전을 확보하기 위해선 어쩔 수 없었다.

　해자 앞에 도착한 분대장은 주위를 둘러보았다. 해자의 너비는 10미터였다. 수영으로 건너가는 게 가능한 너비였다. 분대장은 해자 안을 자세히 살펴보았다. 바닷물이었다. 어딘가에 수로를 뚫어 그 안으로 바닷물이 들어오게 한 것이다.

　섬이니 당연한 일이었다.

　섬은 사실 물이 아주 귀한 곳이었다. 주변에 널린 게 물인데 무슨 소린가하겠지만 바닷물은 식수로 사용할 수가 없었다.

　섬에선 식수로는 사용하지 못하지만 적을 막는 데는 훌륭한 역할을 하는 바닷물을 이용해 해자를 짓는 게 일반적이었다. 귀한 담수로 해자를 만들기에는 그 물이 아까운 것이다.

　분대장은 어깨에 감아두었던 밧줄을 풀어 자신의 허리에 감았다. 그런 다음, 밧줄 끝을 김돌석에게 건네주었다. 김돌석은 바로 밧줄을 받아 손에 단단히 감아쥐었다. 담수

완 다르게 바닷물로 해자를 만들면 그 안에 유속이 있기
마련이었다. 그래서 떠내려가지 않도록 밧줄을 이용하는
것이다.

분대장은 해자 속으로 몸을 부드럽게 밀어 넣었다. 물살
이 거의 튀지 않았다. 바깥에 있던 김돌석은 감탄을 금치
못했다.

분대장은 잠수와 유영을 반복해 해자 끝에 도착했다. 풀
이 자라있어 몸을 감추기에 안성맞춤인 곳이었다. 분대장
은 허리에 묶은 밧줄을 풀어 살짝 당겼다. 건너오란 신호
였다.

꿀꺽!

입 안에 가득한 침을 억지로 삼킨 김돌석은 손에 쥔 밧
줄을 허리에 감은 다음, 차가운 물속으로 몸을 집어넣었
다. 수면으로 잠수하는 순간, 물살이 살짝 튀었지만 성벽
위를 순찰하던 왜군에게 발각당하는 일은 다행히 피할 수
가 있었다.

바닷물은 차가웠다. 그리고 당연히 소금기가 가득했다.
김돌석은 소금물을 마셔가며 유영과 잠영을 반복해 해자
를 건넜다.

해자 끝에 이르는 순간, 분대장이 손을 뻗어 김돌석을
당겼다.

그때였다.

물 밖으로 나오며 소리가 났는지 성벽 위가 소란스러워
졌다.

분대장은 급히 성벽 그림자 속에 바짝 붙어 입에 손을
가져갔다. 조용하란 신호였다. 김돌석은 입 안에 가득한
소금물을 억지로 삼켰다. 입 안이 느글거리며 머리가 핑핑
돌았다.

성벽 위를 순찰하던 왜군이 횃불로 해자 이곳저곳을 비
추었다.

횃불의 일렁이는 그림자가 눈앞을 지나갈 때마다 김돌
석은 숨을 급히 멈추었다. 그 앞을 집중적으로 비추던 횃
불은 김돌석의 숨이 넘어가기 직전에서야 다른 곳으로 이
동했다.

횃불은 이내 반대편 성벽으로 이동하기 시작했다.

가죽 가방을 연 분대장이 신발 밑창을 두 개 꺼내 건넸다.
앞에 송곳이 달려있는 밑창이었다. 심호흡한 김돌석은 밑창
을 받아 신발 밑에 끼웠다. 밑창에 줄이 있어 신발과 발목에
감으면 마치 원래 한 몸인 거처럼 사용할 수가 있었다.

망을 보던 분대장이 고개를 끄덕였다.

김돌석은 밑창에 달려있는 송곳을 성벽 사이의 틈에 끼
웠다. 그리곤 힘을 주어 몸을 밀어 올렸다. 다행히 밑창이
벗겨지거나, 아니면 성벽이 깨져 밑으로 떨어지는 일은 없
었다.

김돌석은 훈련 때의 기억을 떠올리며 빠르게 기어 올라 갔다. 다리 힘보다는 팔 힘이 중요했다. 팔 힘이 약하면 다리에 과부하가 걸려 밑으로 떨어질 위험이 있었다. 이미 훈련 때 그런 경험을 한 적이 있는지라 손가락을 성벽 틈에 끼워 기어오르기 시작했다. 어느새 팔이 뻐근해지며 눈앞이 핑핑 돌았다. 팔 힘에는 자신이 있었지만 수영한 직후인지라, 몸이 덜덜 떨렸다. 김돌석은 고개를 살짝 뒤로 돌렸다.

분대장이 걱정스런 얼굴로 그를 보는 중이었다.

그 모습에 마음을 다잡은 김돌석은 다시 힘을 내기 시작했다. 동료들에게 폐를 끼치는 게 죽는 것보다 더 싫었다. 김돌석만 그런 게 아니었다. 별군은 대부분 그런 마음이었다.

성첩에 거의 도착해 손으로 지탱할 만한 곳이 있는지 찾았다. 손바닥으로 샅샅이 훑어보았지만 잡히는 게 없었다. 잡히는 게 없다면 손가락을 끼울 수 있는 곳이 있어야하는데 그런 틈조차 없었다. 심장이 두방망이질 치기 시작했다.

하늘이 노래지는 기분이었다.

그때, 왼쪽 성벽 부근에 횃불의 불빛이 일렁이며 지나갔다. 뒤이어 사람 발자국소리가 김돌석 쪽으로 다가오기 시작했다.

오키성에 남은 왜군 잔병 역시 적이 쳐들어왔다는 소식을 모를 리 없었다. 그런 관계로 날이 밝기 전까지 안에 틀어박혀 일단 수비부터 할 생각인 듯 보였다. 성을 나간 병력이 돌아오지 못하는 것을 보면 당했거나, 아니면 항구에 있거나 둘 중 하나였다. 물론, 첫 번째일 확률이 훨씬 높았다.

김돌석은 고민했다.

경계심이 바짝 올라간 왜군 순찰병이 성채 밑에 매미처럼 붙어있는 그를 발견하지 못할 가능성은 거의 없는 상황이었다.

또 한 번 생과 사의 기로에 섰다.

별군에 들어와 그 문턱에 선지 벌써 수십 번이었다.

그러나 이번에는 달랐다.

이번에는 조금 더 위험했다.

생보다는 사 쪽에 더 가까웠다.

그 순간, 돌멩이가 왼쪽 측면 위에 나타났다가 다시 떨어졌다.

그리고 그와 동시에 왼쪽 측면 위에 튀어나와있는 말뚝이 보였다. 성벽을 짓다가 미처 마무리하지 못한 잔해인 듯했다.

분대장이 돌멩이를 던져 그를 구해준 것이다.

왼손을 위로 힘껏 뻗어보았다.

4, 5센티미터가 부족해 말뚝에 닿지 않았다.

그러나 김돌석의 표정은 오히려 밝아졌다.

4, 5센티미터의 거리라면 몸의 마술로 극복이 가능한 거리였다.

김돌석은 고개를 반대편으로 숙이며 어깨를 힘껏 추켜올렸다.

손끝에 나무의 까칠한 질감이 전해졌다.

힘을 주어 말뚝을 잡은 김돌석은 성채 위로 재빨리 기어올라갔다. 왼쪽 1미터 지점에 왜군 하나가 눈을 부릅뜬 상태로 멈춰 있었다. 너무 놀라 몸이 말을 듣지 않는 모양이었다.

김돌석은 본능적으로 손을 허리춤에 가져갔다. 물기에 젖어 매끈거리는 가죽 손잡이가 손가락에 걸렸다. 김돌석은 손잡이를 잡아챔과 동시에 앞으로 던졌다. 비명을 지르려는 건지, 아니면 경고를 발하기 위해서인지 정확한 이유는 몰랐지만 입을 벌려 무언가를 말하려던 왜군은 김돌석이 던진 날카로운 단검에 목을 맞아 크게 휘청거리기 시작했다.

그 사이, 접근한 김돌석은 왜군의 입을 막으며 주저앉았다. 발버둥 치며 빠져나가려던 왜군은 결국 김돌석의 완력을 이겨내지 못했다. 왜군의 죽음을 확인한 김돌석은 성벽 좌우를 빠르게 훑어갔다. 두 번째 왜군은 아직 먼 곳에 있었다.

김돌석은 허리에 매단 밧줄을 세 차례 당겼다.

안전하니 올라오는 신호였다.

잠시 후, 밧줄이 팽팽히 당겨지며 몸이 성첩 쪽으로 끌려갔다.

김돌석은 두 발로 성첩 양쪽을 밟아 무게를 지탱했다.

팽팽하게 당겨졌던 밧줄이 어느 순간, 다시 느슨해지며 분대장의 얼굴이 성첩 위로 쑥 올라왔다. 마치 유령이 튀어나오는 것 같아 놀랬던 김돌석은 손을 뻗어 분대장을 당겼다.

두 사람은 남쪽방향에 매복해있던 최담령에게 성공했다는 사실을 먼저 알렸다. 그리고 성벽 양쪽으로 이동해 매복에 들어갔다. 성벽 그늘에 숨어있던 김돌석은 제발 자기 쪽으로 왜군이 오지 않기를 바랐다. 김돌석이 군에 자원입대한 이유는 나라를 지키기 위해서지, 살인이 좋아서가 아니었다.

그러나 간절히 원하면 꼭 반대로 이뤄지는 법이었다.

횃불을 든 왜군 하나가 그 쪽으로 걸어오기 시작했다.

입술을 깨문 김돌석은 허리춤으로 손을 뻗었다. 두 번째 단검이 손에 잡혔다. 김돌석은 별군 중 싸움을 가장 못했다. 그들이 숙영지에 머무를 때 별군 대원들을 위해 밥을 해주는 숙수 조서방보다 싸움을 못할지 몰랐다. 조서방은 임진왜란에 참전한 의병출신인데 힘이 황소 같은 양반이었다. 전투에 참가했다가 팔에 커다란 상처를 입어 왼손을 거의 쓰지 못했는데 한 팔로 누구보다 맛있는 밥을 만들어 주었다.

별군 대원 중에는 조서방이 만들어주는 밥을 먹기 위해 제대를 미룬다는 사람이 있을 지경이었다. 김돌석은 아마 그 조서방보다 약할지 몰랐다. 그러나 거리가 1미터로 벌어지면 별군 100명 중 10등은 할 것이다. 그의 단검 던지는 솜씨가 일품이었던 것이다. 그리고 거리가 10미터로 넘어가면 3등, 100미터를 넘어가면 그를 따를 자가 영내에 없었다. 사격과 궁술은 전군 통틀어 손가락에 꼽히는 강자였다.

김돌석은 거리가 멀수록 자신에게 유리하다는 생각을 했다. 실제로도 그랬다. 그리고 가장 유리한 거리는 3미터라 생각했다. 3미터 안에서는 적이 어떤 무기를 들었든 간에 이길 자신이 있었다. 3미터밖에 있는 그는 무적이나 같았다.

횃불을 든 왜군이 3미터 안으로 들어서는 순간.

허리춤에 있던 김돌석의 손이 앞으로 번개처럼 날았다.

쉭!

작은, 그러나 날카로운 소음이 한 차례 들린 후.

횃불을 든 왜군이 고개를 밑으로 내렸다. 목 사이에 박힌 단검의 가죽 손잡이가 눈에 들어왔다. 미끄러지는 것을 막기 위해 가죽을 끈처럼 얇게 잘라 여러 번 동여맨 손잡이였다.

왜군은 먼저 횃불을 놓치더니 목으로 손을 가져갔다.

그 사이, 고양이처럼 은밀히 접근한 김돌석은 왜군의 입을 막으며 목에 박혀있는 단검 손잡이를 왼쪽으로 비틀어 뽑았다.

왜군에게 고통을 가하기 위해서가 아니었다.

오히려 고통을 덜어주기 위해 혈관을 자른 것이다.

김돌석은 절명한 왜군을 성벽 그늘 밑으로 끌어당겼다.

그러나 고개를 내려 왜군의 시신을 바라보진 않았다.

죽은 자의 얼굴을 보면 며칠 동안, 지독한 악몽에 시달렸다.

그리고 어쩌면 그런 이유로 원거리 무기를 선호하는지 몰랐다.

왜군 목에서 흘러나온 피가 금세 웅덩이를 이루었다.

사람의 급소는 심장, 머리 다음으로 팔, 목, 허벅지 등이 꼽혔다.

모두 커다란 혈관이 지나가는 곳이었다.

한 번 베이면 지혈이 불가능한 곳으로 죽음 외에 다른 선택지가 없었다. 별군은 의원의 도움을 받아 이런 급소에 대한 지식을 쌓아갔다. 그 덕분에 그들은 살인병기로 거듭났다.

그 사이, 별군 대원 30여 명이 성벽 위에 올라왔다.

그와 분대장이 성벽 양쪽을 틀어막은 틈에 성벽을 재빨리 올라온 것이다. 그야말로 눈 깜짝할 사이에 이뤄진 일이었다.

30명은 이제 성벽을 근거지 삼아 버틸 수 있는 인원이었다.

분대장 세 명이 모여 상의하더니 김돌석이 속해있는 1분대는 계단을 이용해 밑으로 내려갔다. 성벽 오른쪽에 성문이 있었다. 성문은 두 겹이었다. 바깥쪽 성문과 안쪽 성문이 따로 있어 공성병기가 바깥쪽 성문을 부셔도 안쪽 성문을 뚫어내지 못할 경우, 성 안으로 들어올 수 없는 구조였다.

분대장이 안쪽 성문을 지키는 경계병 세 명을 가리키더니 각자 쓰러트려야할 적이 누구인지 정해주었다. 이 역시 전술규범에 있는 내용이었다. 병사들에게 각자 공격하란 지시를 내리면 공격이 적 한 명에게 집중되어 나머지 적은 살아남은 결과가 생기기에 이런 복잡한 과정을 거치는 것이다.

김돌석에게는 가장 먼 쪽에 있는 적이 주어졌다.

고개를 끄덕인 김돌석은 허리춤에 찬 단검을 두 개 뽑아 하나씩 손에 쥐었다. 왼손과 오른손의 차이는 거의 없었다.

물론, 이 역시 고된 훈련을 거친 결과였다.

분대장이 손가락 세 개를 펼쳤다가 하나씩 접어갔다.

세 개, 두 개, 하나.

마지막 손가락이 접히는 순간, 앞으로 한 바퀴 구른 김돌석은 왜군의 고개가 자신 쪽으로 돌아오는 순간을 노려 오른손의 단검을 힘껏 던졌다. 허공을 곧장 가른 단검이 왜군 목에 들어박혔다. 그와 같은 임무를 맡은 다른 대원들은 소형 활과 독침을 이용했다. 각자 마음에 드는 무기를 사용하기 마련이었다. 소형 활, 독침, 단검 모두 무성무기였다.

무성무기의 뜻이 소리가 전혀 나지 않는다는 말은 아니었다.

총에 비해 소리가 작다는 말이었다. 연기가 나는 화약을 무연화약, 소음이 나는데 소음기라 부르는 이유와 같은 것이다.

소형 활을 쏜 대원은 적을 정확히 맞췄다. 그러나 독침은 적에게 맞기는 했지만 갑옷 위에 맞았는지 그대로 서있었다.

김돌석은 급히 왼손에 든 단검을 던져 마저 쓰러트렸다.

실수한 대원이 부끄러운 표정으로 미안하다는 뜻을 전했다.

고개를 끄덕인 김돌석은 앞으로 접근해 성문을 잠근 걸쇠를 풀었다. 어느새 다가온 분대장이 조심하란 신호를 전했다.

문이 반쯤 열리는 순간.

날카로운 창극이 튀어나와 김돌석의 가슴을 찔러왔다.

어떻게 알았는지는 모르겠지만 어쨌든 발각당한 상황이었다.

김돌석이 물러섬과 동시에 분대장이 뛰어들어 왜도를 휘둘렀다. 창을 쥔 팔이 퍼덕거리며 허공으로 튀어 올랐다. 무시무시한 칼솜씨였다. 분대장은 한 바퀴 돌더니 왜도를 옆으로 휘둘렀다. 왜군의 목이 벌어지며 피가 분수처럼 쏟아졌다.

성문 안을 제압한 분대장은 바깥쪽 성문으로 달려가 다시 걸쇠를 풀었다. 그리고 양 팔에 힘을 주어 성문을 안쪽으로 당겼다. 바깥쪽 성문은 항상 안쪽으로 열리기 마련이었다. 그래야 적이 문을 잡고 당기는 불상사를 면할 수 있었다.

바깥쪽 성문이 열리는 순간.

성문 앞을 지키는 왜군 모습이 보였다.

김돌석은 앞으로 달려 나가며 단검을 던졌다. 다른 대원들 역시 각자 가진 무기로 성문 앞을 지키는 적을 모두 해치웠다.

바깥쪽 성문마저 손에 넣은 분대장은 김돌석에게 손짓
했다.

김돌석은 바로 성벽 깊숙한 곳으로 달려가 고개를 위로
들었다.

밧줄에 감겨있는 다리가 보였다.

그게 성 안과 성 밖을 이어주는 유일한 다리였다.

평소에는 이처럼 성곽 안쪽에 당겨두었다가 출입할 일
이 있을 때는 해자 위에 올려 그 위를 인마가 건너가는 것
이다.

김돌석은 단검으로 밧줄을 자르기 시작했다. 그러나 얇
은 단검으로는 팔목 굵기의 밧줄을 자르는데 한세월이 걸
렸다.

주위를 둘러보던 김돌석은 벽에 도끼가 걸려있는 모습
을 보았다. 얼른 달려가 떼어낸 김돌석은 도끼로 밧줄을
찍었다.

땀에 흠뻑 젖을 정도로 내려치던 김돌석이 소리쳤다.

"내려갑니다!"

그 말에 대원들이 뒤로 물러섰다.

김돌석이 도끼로 남아있는 마지막 밧줄을 자르는 순간.

끼이익!

육중한 나무다리가 굉음을 내며 해자 위로 떨어졌다.

쿵!

나무다리가 해자 위에 걸리며 흙과 먼지가 치솟았다.

그리고 그 먼지가 채 가라앉기 전에 최담령이 지휘하는 별군 본대가 나무다리를 건너와 성 안으로 진입하기 시작했다.

그 다음은 일사천리였다.

오키성 안에 병력이 얼마 없어 별군의 침투를 막지 못했다.

오키성 성주는 결국 천수각에 불을 질러 자진했다.

포로로 잡히기보다는 자결을 택한 것이다.

별군은 오키성에 잠시 머무르며 휴식을 취하다가 뒤이어 들어온 황진의 1사단에게 성을 넘겨주었다. 그리곤 바로 항구를 찾아 미리 준비해둔 어선에 올랐다. 이번에는 국정원이 보낸 윤과 동승했다. 일행이 한 명 늘어난 별군은 남쪽으로 항해하기 시작했다. 그들의 임무는 지금부터가 본격적인 시작이었다. 그리고 앞으로의 임무가 더 중요했다.

한편, 별군에게 오키성을 넘겨받은 1사단장 황진은 1연대장 김동진을 불러 임금이 머무를 처소와 원정군 사령관이 지휘부로 사용할 건물을 찾아 깨끗이 청소하란 지시를 내렸다.

정유재란까지 근위사단이라 불리던 이혼의 직할부대는 왜국 원정에 앞서 몸집을 크게 불렸다. 근위사단으로는 왜국원정이 불가능해 최소 군단 규모에 해당하는 병력이 필요했다.

그 결과 탄생한 게 지금의 근위군이었다.

새로 탄생한 근위군은 보병사단 다섯 개, 포병여단 한 개, 항왜연대, 정찰연대 등 특수목적부대 등으로 이루어져 있었다.

임진왜란부터 육군 중추로 활약해온 황진은 근위군 1사단의 사단장을 맡아 오키섬 점령을 성공적으로 마무리 지었다.

황진의 지시를 받은 1사단 1연대장 김동진은 3, 5대대로 하여금 오키성 주위를 방어하게 하였다. 그리고 1, 2대대와 함께 오키성 안에 들어가 별군이 넘겨준 성 곳곳을 수색하며 이혼이 머물 처소와 지휘부로 사용할 건물을 찾았다.

황진이 줄곧 육군의 정예로 활약했다면 1연대장 김동진은 그 반대의 길을 걸었다. 임진왜란부터 참전한 것은 황진과 다르지 않지만 그는 밑바닥에서 기를 쓰며 올라온 경우였다.

정유재란에는 준사관으로 진급해 분대장을 보필하였는데 그 분대장이 전사한 후 부하들을 잘 이끈 공로를 인정받아 정식 사관으로 임관했다. 그리고 정유재란이 끝난 후에는 경험 많은 장교와 준사관들이 제대하며 군에 빈 자리가 많이 생겼는데 군에 남기로 한 그는 덕분에 고속 진급하였다.

소대장, 중대장, 대대장을 연달아 거친 그는 마침내 연대장에 올라 장군 칭호를 들었다. 조선군에서는 현재 연대장부터 장군 칭호를 받았다. 관원으로 치면 정 4품에 해당했다.

배경이 별로 좋지 않은, 그리고 그리 유식하지 않은 평범한 병사가 마침내 정 4품 대우를 받는 고위 요직에 오른 것이다.

그런 김동진을 사단의 간판이라 할 수 있는 1연대의 연대장에 앉힌 사람이 황진이었다. 황진은 미심쩍어 하는 참모진과 도원수부 인사참모 등을 설득해 그를 연대장에 앉혔다.

김동진은 주위의 의심과 우려를 받으며 연대장에 취임했지만 보란 듯이 눈부신 성과를 보여주었다. 1사단, 아니 근위군이 전부 모여 치른 사전평가훈련에서 1등을 계속 차지했다.

그가 남달리 훈련을 많이 시켜서가 아니었다. 병사들이 김동진이라는 인간을 존경한 덕분이었다. 병사들은 일개 병사로 출발해 연대장에 오른 김동진의 능력과 인품을 존경했다.

오키성을 철통처럼 틀어막은 김동진은 천수각 옆에 있는 가장 좋은 전각을 골라 깨끗이 청소했다. 그리고 화덕을 설치해 습기를 제거했으며 침상 역시 깨끗한 것으로 준비했다.

다음 날, 김동진은 오키섬에 있는 주요 마을에 부하들을 보내 쓸데없는 일만 하지 않는다면 피해가 없을 거라 장담했다.

그리고 어업을 나가지 못해 본 손해는 전쟁이 끝남과 동시에 보상할 거라 약속했다. 그리고 그 자금은 왜국이 낸 배상금서 충당할 계획이었다. 물론, 이긴다는 전제 하에서였다.

조선군이 쳐들어왔다는 사실에 분개한 오키섬 백성들은 삼삼오오 모여 기습공격을 시도하려했지만 김동진의 재빠른 조치 탓에 실패했다. 김동진은 오키섬을 완벽하게 통제했다.

별군이 상륙한지 27시간 후, 그리고 별군이 남쪽으로 다시 출발한지 16시간 후, 오키섬 남쪽에 거대한 선단이 나타났다.

오키섬 백성은 본토의 수군이 그들을 구하기 위해 오는 줄 알았다. 그러나 아니었다. 거대한 선단의 주인은 조선 국왕이었다. 그들은 조선 국왕이 전사라는 말을 들었다. 그들로 치면 진정한 사무라이에 가까운 사람이었다. 조선 국왕은 분로쿠와 게이초에 벌어진 두 차례 전쟁을 직접 지휘했다.

오키섬 백성은 담장에 숨거나, 아니면 높은 나무 위에 올라가 돛이 엄청나게 큰 배에서 내리는 조선 국왕을 지켜보았다.

먼저 내린 건 국왕의 말이었다.

바다를 건너온 말이 맞는지 의심스러울 만큼 검은색 털에서는 윤기가 자르르 흘렀다. 내관으로 보이는 자가 말고삐를 잡아 급조한 부두 쪽으로 향하는 순간, 국왕이 하선했다.

조선 국왕은 체격이 듬직했다. 체구가 유난히 작은 왜국 백성들의 눈에는 거인으로 보일 지경이었다. 그게 원래 체구가 커 그렇게 보이는 건지, 아니면 국왕이 뿜어내는 강렬한 기운이 그를 그렇게 크게 보이게 하는 건지는 알 수 없었다.

머리에 왕관 같은 걸 쓰지는 않았다. 그러나 상투를 튼 다음, 그 위에 용비녀를 한 모습은 상당히 이채로워 보였다. 왜국에선 장성하면 앞머리를 밀기에 보기 힘든 광경이었다.

옷은 크게 다르지 않았다. 조선군 특유의 녹색, 갈색이 섞인 위장복이었다. 허리엔 두꺼운 허리띠를 착용한 모습이었는데 허리띠 양 옆에 칼과 작은 총처럼 생긴 게 달려 있었다.

옆에 장군처럼 보이는 사내가 건넨 철모를 받아 머리에 쓴 조선 국왕은 내관이 가져온 말에 훌쩍 올라 주위를 둘러보았다. 숨어서 지켜보던 오키섬 백성들은 깜짝 놀라 숨었다.

눈빛이 아주 날카로워 자신을 노려보는 듯한 착각을 일으켰다.

아주 강해보이는 호위병들이 그런 국왕을 몇 겹으로 둘러쌌다. 그 호위병의 틈을 뚫고 암살을 시도하기는 힘들어 보였다.

조선 국왕은 이내 말배를 걷어차 부두를 떠나기 시작했다. 그리곤 오키성이 있는 북동쪽 해안을 따라 말을 급히 몰았다.

오키섬 백성들은 국왕이 떠난 후에 시선을 돌려 바다를 보았다.

오키섬 앞바다 전체에 배가 가득했다. 시선이 닿는 저 끝까지 조선의 전선과 수송선으로 가득 차있어 몇 척인지 세기 힘들 지경이었다. 전선은 넓게 흩어져 오키섬 바다를 지켰다. 그리고 수송선은 그 사이 부두 안으로 들어와 병력과 물자를 내렸다. 병력은 끝이 없었다. 작은 배는 열 명, 중간 배는 서른 명, 큰 배는 백 명의 병력을 부두에 내렸다.

그리고 육중해 보이는 수송선이 다가와 짐을 부렸다. 부두에 설치한 기중기로 무거운 물건을 열심히 하역했다. 대부분 쇠로 만든 커다란 통과 바퀴였는데 뭐에 쓰는 물건인지 알지 못했다. 오키섬 백성 중 그나마 밖을 돌아다닌 경험이 많은 백성들은 그게 조선군이 자랑하는 화포임을 알았다.

가벼운 물건들은 병사들이 직접 가지고 내렸다.

부두에 산처럼 쌓여있던 물건들은 이내 창고로 향했다.

그런 작업을 수 시간동안 반복했는데 얼마나 많은 병력과 물자를 부두에 하역하는지 정확한 수를 세기 힘들 지경이었다.

오키섬 백성들은 조선군이 보여주는 강한 의지에 놀랐다. 그리고 본국의 앞날을 걱정하기 시작했다. 그러나 그들이 할 수 있는 게 없었다. 지금 당장은 자신들의 삶을 먼저 도모하는 게 우선이었다. 오키섬은 조선군의 수중에 있었다.

오키성에 도착한 이혼은 1사단장 황진과 1사단 1연대장 김동진에게 간략한 보고 먼저 받았다. 대부분 오키섬 점령과 별군의 이동, 그리고 후속부대의 도착 등에 대한 보고였다.

이혼은 조내관이 떠온 물을 마시며 뒤집어진 속을 먼저 달랬다.

대마도에 갈 때 느꼈던, 그야말로 더 이상 게워낼 게 없어 쓴물까지 뱉어내던 고통은 아니었지만 이번 항해 역시 심신을 피로하게 만들기는 마찬가지였다. 악천후와 거친 파도가 동시에 닥쳐왔을 때에는 머릿속이 아득해질 지경이었다.

한숨을 쉰 이혼은 물그릇을 내려놓으며 황진에게 먼저

물었다.

"통제사는?"

"오키섬 주위를 돌며 후속부대를 엄호하는 중이옵니다."

"정보통제는?"

"현재 오키섬을 빠져나간 인원은 없는 것으로 아옵니다."

황진의 대답에 지도를 펼쳐 살펴보던 이혼은 고개를 저었다.

"혹시 모르니 본토 상륙을 앞당겨야겠소."

"큐슈로 가는 왜군 주력 위치를 먼저 알아야하지 않겠사옵니까?"

황진 말 대로였다.

이혼이 전라사단을 큐슈에 보내 양동공격을 시도한 이후는 혼슈를 지키는 막부 주력을 최대한 서쪽으로 보내는 데 있었다. 가장 좋은 상황은 그 주력이 시모노세키해협을 건너 큐슈에 도착했을 때 기습적으로 혼슈에 상륙하는 것이다.

만약, 막부 주력이 긴키 쯤에 있을 때, 즉 조선군 주력이 상륙하려는 지점 근처에 있을 때 상륙한다면 전라사단을 희생해가며 얻은 절호의 기회를 망쳐버릴 위험이 존재했다.

이혼은 국정원이 보낸 정보를 머릿속에 떠올렸다.

"왜국이 동원할 수 있는 병력이 얼마라 했소?"

황진이 바로 대답했다.

그 역시 1등급에 해당하는 기밀정보 취급인가를 갖고 있었다.

"30만으로 아옵니다."

"큐슈 5만과 시코쿠 3만을 빼면 혼슈에 있는 22만 정도 이겠군."

"그렇사옵니다."

이혼의 시선이 혼슈 중앙으로 향했다.

그리고 서쪽에 있는 오사카와 동쪽에 있는 에도, 그리고 그 사이에 위치한 슨푸성을 번갈아가며 살펴보았다. 이 세 곳이 중요했다. 국정원이 보낸 정보에 따르면 왜국의 정치는 복잡한 형태를 보였다. 군령권을 제각기 나눠가진 상태였다.

물론, 겉으로는 슨푸성에 있는 도쿠가와 이에야스가 틀어쥔 거처럼 보이지만 오사카성을 중심으로 한 도요토미 히데요시의 잔존세력은 도쿠가와 이에야스와 거리를 둔 상태였다.

그리고 에도막부의 쇼군은 도쿠가와 히데타다였다. 한데 그 실권은 오고쇼로 물러난 도쿠가와 이에야스에게 여전히 있었다.

잘못하면 군령이 두 군데서 나올 위험이 있는 것이다.

이혼은 황진에게 물었다.

"왜군이 지금 어떻게 움직이고 있을 것 같소?"

황진은 고개를 저었다.

"알 수 없사옵니다."

"그래도 추측은 해볼 수 있지 않소?"

황진은 다시 고개를 저었다.

"소장은 그런 쪽에 재주가 없사옵니다. 그리고 의견을 말씀드려 전하의 성심을 어지럽히고 싶지 않사옵니다. 내일 소식이 올 테니 그때는 확실히 알 수 있을 거라 생각하옵니다."

이혼은 빙그레 웃었다.

"황소 같은 사람이군."

"송구하옵니다."

황진은 머리를 숙였다.

그리고 이혼은 그런 그를 더 이상 추궁하지 않았다.

황진의 의견을 존중해준 것이다.

한데 황진의 이런 행동은 상당히 무모한 것이었다.

옆에 있던 김동진이 오히려 숨을 쉬지 못할 지경이었다.

황진은 의견을 처음 개진할 때 그런 점을 염두에 둔 상태였다.

21세기 군대라도 상명하복은 엄벌에 처하는데 지금은 전제왕권인 시대였다. 더구나 상대는 상관이 아니라, 군왕이었다.

군왕의 명을 거역한다는 것은 항명을 넘어 반역이었다.

군왕의 심기를 건드렸다가 패가망신한 예는 수없이 많았다.

그러나 황진은 자신의 의견을 개진하는데 두려움이 없었다.

불확실한 정보로 작전을 수정하는 것은 바보 같은 짓이란 의견을 직접적이면서도, 한편으로는 부드럽게 개진한 것이다.

어쨌든 이혼은 황진 말대로 국정원의 정보를 기다렸다.

이혼이 조급함을 보이는 데는 그럴 만한 이유가 있었다.

시간을 끌다가 오키섬에 대한 정보가 새어나갈 경우, 그야말로 최악의 상황이 펼쳐질 위험이 있었다. 큐슈에 침입한 조선군을 막기 위해 서쪽으로 가던 막부 주력이 회군하여 그들이 상륙할 지점에 포위망을 펼친다면 조선군 주력은 수십 만 병력에 둘러싸여 절망하다가 도망치는 수밖에 없었다.

이혼은 빨리 본토에 상륙하고 싶었다.

그래야 전라사단을 희생해가며 얻은 시간의 이점을 살릴 수 있었다. 그러나 한편으론 너무 빨리 쳐들어가면 적 주력이 충분히 이동하기 전에 머리를 드러내는 꼴이 될 수 있었다.

이혼은 황진의 충고를 받아들였다.

국정원이 확실한 정보를 가져오길 기다린 것이다.

다음 날, 국정원장 허균이 지급으로 보낸 정보들이 도착했다.

허균은 지금 대마도에 들어와 국내외 정보를 총괄 중에 있었다. 물론, 그 정보는 대부분 외국의 동향에 대한 것이었다. 그러나 조선 내부의 동향 역시 일정부분 포함되어있었다.

이혼은 통제사 이순신과 1사단장 황진 등을 불러 상의했다.

"아, 시작하지."

이혼의 눈짓을 받은 국정원 외사 소속 요원이 벌떡 일어났다. 긴장한 눈빛이 분명했다. 용담호혈이나 다름없는 왜국을 제집처럼 드나들던 사람이었지만 이런 사람들 앞에서 중요한 정보를 전해야한다는 생각을 하니 떨리는 모양이었다.

국정원 외사 3과 요원, 백준(百準)은 마른입에 침을 발랐다.

맞은편에 앉아있는 임금이야 두 말하면 입이 아픈 사람이었다.

그야말로 지금 조선을 만든 사람 아닌가.

그리고 임금 옆에서 자신을 쳐다보는 두 명의 장수는 나이가 너무 어리단 이유로 입대를 거부당했을 때부터 무수히 들어오던 이름이었다. 그런 사람들 앞에 서려니 절로 떨렸다.

황진이 부드러운 어조로 말했다.

"말해보시게. 자네가 하려는 말을 궁금해 하는 사람들이 많네."

"예? 아, 예."

얼떨결에 대답한 백준은 국정원이 조사한 내용을 설명했다.

"현재 왜군 주력은 세 부대로 나뉘어있습니다."

"예의를 차리게."

그 말에 이순신의 미간이 좁혀졌다.

당황한 백준을 황진이 깨우쳐주었다.

"이 자리에는 주상전하께서 계시네."

"아, 송, 송구하옵니다."

백준의 말에 이혼이 손을 올렸다.

"괜찮으니 계속 하게."

"황, 황송하옵니다. 그럼 말씀대로 계속 하겠사옵니다."

백준의 말에 따르면 왜군은 세 부대로 나뉘어 행동 중이었다.

　먼저 도쿠가와 히데타다가 지휘하는 막부 주력이 에도를 출발해 긴키를 지나 주코쿠로 향하는 중이었는데 긴키와 주코쿠에서 징발한 병력 10만과 함께 시모노세키에 있었다.

　두 번째는 도쿠가와 이에야스가 아들을 지원하기 위해 예비대로 모으는 병력이었다. 간토지역에서 병력을 징발하느라, 아직 다 모이진 않았지만 거의 10만에 이를 거란 보고였다.

　마지막 세 번째는 오사카성의 움직임이었다.

　오사카 성주 도요토미 히데요리, 아니 실질적인 주인인 요도도노가 자금을 풀어 병력을 모으는 중이었다. 그 병력이 현재 4, 5만이었는데 이때를 노려 도쿠가와가문을 공격하려는 건지, 아니면 미리 방비를 하려는 건지는 알 수 없었다.

　이혼의 미간이 좁혀졌다.

　도쿠가와 히데타다가 지휘하는 10만은 피할 수 있겠지만 도쿠가와 이에야스가 모으는 예비병력 10만은 피하지 못했다.

　거기다 오사카성의 움직임은 예측이 힘들었다.

　현재는 고슴도치처럼 자기를 치기 전에는 움직이지 않

을 확률이 높았다. 그러나 공통된 적을 먼저 몰아내기 위해 도쿠가와군과 힘을 합할 가능성 역시 배제하기 힘든 상태였다.

냉전시대에 외계인이 쳐들어오면 미국과 소련이 힘을 합칠 거라는 농담이 있었는데 농담이 아닐 가능성도 있는 것이다.

이혼은 눈앞에 펼쳐둔 왜국지도를 보며 상념에 잠겼다.

9장. 폭풍 속으로

9장. 폭풍 속으로

작전계획은 작전계획에 불과했다.

오히려 작전계획이 지나치게 세밀하면 실패로 끝날 확률이 높았다. 작전계획 중 하나가 틀어지면 연동이 필요한 다른 작전이 연달아 틀어져 전쟁 전반에 악영향을 미치는 것이다.

지금까지 수정한 작전계획은 수십 개에 달했다. 작전계획은 하나가 아니었다. 대전략 밑에 수십 개의 작은 작전이 있어 하나의 전장을, 하나의 전투를, 하나의 전쟁을 만들었다.

첫날부터 지금까지 예상한 대로 흘러간 경우는 거의 없었다.

이럴 때 필요한 게 경험이었다.

경험이 많으면 실수를 줄일 수 있었다. 그리고 경험이 많으면 작전에 급히 수정을 가해 원활한 진행을 유도할 수 있었다.

다행히 조선군에는 실전경험이 있다 못해 넘치는 사람들이 즐비했다. 14세기 말에 나라를 세운 조선은 16세기 말까지 이어지는 근 200년 동안 전쟁다운 전쟁을 치르지 않았다.

내란을 겪은 적은 꽤 있었다. 그리고 조선 초기부터 지금까지 왜구, 홍건적, 여진족 등 다양한 적들의 침입을 받았다.

그러나 그런 것들은 국지전에 가까웠다. 그리고 조선군의 방어체계는 그런 국지전에 알맞게 설계되어 있는 상태였다.

그런 상황에서 왜군 15만 명이 대거 상륙한 임진왜란은 조선군의 방어체계가 얼마나 부실했는지 알려주는 좋은 지표였다.

국지전을 경험한 장수와 관원들은 많았지만 대군을 상대로 싸워본 경험은 전혀 없는지라, 실전경험이 너무 떨어졌다.

그러나 지금은 달랐다.

임진왜란과 정유재란이라는 두 차례의 커다란 전쟁을

치르며 전과 비교할 수 없을 정도의 경험을 쌓을 수가 있었다.

조선군 지휘부는 경험을 살려 세부작전에서는 실패하는 일이 있더라도 전략에서는 결코 실패하지 않는 모습을 보였다.

이혼이 지휘하는 조선군은 전라사단을 큐슈에 보내 양동공격을 가하는 한편, 주력을 오키섬으로 보내 섬을 점령했다.

지휘부가 처음 계획을 세울 때 생각했던 날짜에 12시간 정도 뒤쳐져있을 뿐이었다. 이 정도면 아주 순조로운 편이었다.

이틀 후, 근위군 사령관 권응수가 3차 병력과 함께 상륙했다.

이리하여 오키섬에 상륙한 육군의 수는 근위군 1사단, 2사단, 3사단을 합쳐 총 3만 명이었다. 그리고 이번에 가장 중요한 포병 전력까지 도착한 덕분에 언제든 전투가 가능했다.

수군은 통제영 중군과 좌군이 도착해 상륙작전 역시 문제없었다. 병력과 물자를 섬에 내린 수송선단은 부두에 정박해 잠시 휴식을 취했다가 다시 서쪽으로 돌아가기 시작했다.

5만 병력을 한 번에 수송하기엔 배의 숫자가 너무 부족했다. 그들은 앞으로 전쟁이 끝나기 전까지 대마도와 오키섬을 왕복해야했다. 어쩌면 그들이 가장 피곤한 사람들일 것이다.

권응수가 도착한 날 저녁, 이혼은 주요 지휘관을 처소에 불렀다.

통제사 이순신을 시작으로 중군 우후 김완, 좌군 우후 이영남을 비롯한 수군 장수들이 왼쪽, 근위군 사령관 권응수, 1사단장 황진, 2사단장 정기룡, 3사단장 김덕령, 포병여단장 장산호 등 육군 장수들이 이혼의 오른쪽에 각각 자리했다.

이혼은 고개를 돌려 오늘 도착한 권응수를 보았다.

"피곤하오?"

"아니옵니다."

그러나 권응수의 표정은 전혀 그렇지 않았다.

권응수 역시 환갑에 가까운 나이였다. 거기다 익숙지 않은 배를 타고 한 달 가까이 여행한 터라 얼굴이 말이 아니었다.

그러나 이 중에 피곤하지 않은 사람을 찾기 힘든 게 사실이었다. 그리고 본격적인 전투는 아직 시작조차 하지 않았다.

이혼은 한숨을 내쉬었다.

"다들 힘을 내시오. 과인이 무력하여 이 말밖에 할 수 없구려."

장수들은 일제히 일어나 허리를 숙였다.

"성은이 망극하옵니다!"

손을 들어 다시 자리에 앉힌 이혼이 물었다.

"도원수는 언제 도착하오?"

가장 늦게 당도해 대마도 상황을 잘 아는 권응수가 대답했다.

"4차 병력을 통솔하기로 하였으니 5, 6일을 걸릴 것이옵니다."

이혼은 감았던 눈을 뜨며 손짓했다.

"좋소. 어떻게든 해봅시다. 먼저 작전의 개요를 설명해주시오."

그 말에 수군 우후 김완이 일어나 이혼에게 군례를 올렸다.

"소장이 하겠사옵니다."

"좋소."

이혼의 허락을 받은 김완은 앞에 나와 작전을 설명했다.

"작전을 설명하기 위해선 현재 있는 재원을 먼저 파악하는 게 중요할 것이옵니다. 현재 이곳 오키섬에는 3개 사단 분량의 육군 병력과 2개 함대 분량의 수군 병력이 모여 있사옵니다. 그리고 이들을 실어 나를 수송선은 모두 통제영 소속 전선과 일반 수송선을 합쳐 300여 척인데 크기가 제각각인지라, 아무리 많이 수송한다한들 1만을 넘기가 힘드옵니다. 그 말은 최소 5일은 1만으로 버텨야한다는 말이옵니다."

"그럼 5일 후에는 병력을 얼마나 증강되는 것이오?"

"도원수와 함께 출발한 수송선단 규모가 가장 크니 5일 후엔 최소 2만에서 2만5천 명의 병력을 상륙시킬 수 있사옵니다."

이혼이 팔짱을 풀며 고개를 흔들었다.

"왜놈들은 잘도 이런 상륙작전을 두 번이나 감행했군."

그 말에 모여 있는 장수들 대부분이 동감을 표시했다.

이 시기에 10만이 훌쩍 넘는 병력을 상륙시키려면 확실히 국력이 강해야했다. 그 10만이 훌쩍 넘는 병력이 동시에 상륙한 것은 아니지만 어쨌든 보통 국력이 아니면 힘들었다.

"수군은 어떻게 하기로 하였소?"

그 질문에는 통제사 이순신이 직접 대답했다.

"중군 우후 김완이 선봉을 맡을 것이옵니다."

고개를 끄덕인 이혼이 근위군 사령관 권응수를 보았다.

"육군은?"

"1사단 병력 1만이 먼저 상륙할 것이옵니다."

그 말에 팔짱을 낀 이혼은 눈을 지그시 감았다.

"1만으로 닷새란 말이군. 쉽지 않겠어."

이순신이 대답했다.

"소장은 가능하리라 보옵니다."

"닷새면 도쿠가와 이에야스가 대군을 끌고 당도하지 않겠소?"

"그럴 가능성은 있사옵니다. 그러나 그들도 준비해야할 것이 많을 테니 10만이 한꺼번에 몰려오지는 않을 것이옵니다."

이순신의 대답을 들으며 일어선 이혼은 답답한지 창문 쪽으로 향했다. 언제 어디서든, 등화관제를 실시하느라, 불빛이 밖으로 새어나가지 못하게 창문마다 짙은 천이 달려있었다.

이혼은 천을 살짝 걷어냈다.

뜨거운, 그리고 소금기가 섞인 남녘 열기가 고스란히 전해졌다.

"더워지겠군."

장수들은 말없이 지켜보았다.

한참동안 어둠이 내려앉은 오키성의 전경을 바라보던 이혼은 고개를 돌려 자리에 앉아있는 장수들의 면면을 확인했다.

어디에 내놔도 부끄럽지 않은 장수들이었다.

어디와 싸워도 지지 않을 것 같은 장수들이었다.

이혼은 갑자기 조선군이 강해진 것은 그가 만든 새로운 무기들이 아니라, 이처럼 조국을 위해 몸 바쳐 싸우는 장수와 병사들 덕분이라는 생각이 들었다. 코끝이 살짝 아려왔다.

자리에 앉은 이혼은 두 손을 탁자 위에 올렸다.

나무로 만든 탁자가 습기를 잔뜩 머금어 축축했다.

"휴."

심호흡한 이혼은 고개를 들어 장수들을 보았다.

"좋소. 지금 이 시간 부로 왜국 본토상륙작전을 진행하겠소."

"성은이 망극하옵니다!"

군례를 올린 장수들은 서둘러 자기 부대로 돌아갔다.

내일 아침 일찍, 부대를 움직이려면 지금부터 준비해야 했다. 이혼은 이순신과 함께 마지막까지 남아 작전을 상의했다.

마음 같아선 선봉부대와 함께 하고 싶었지만 이순신 등이 말려 뜻을 이루지 못했다. 상륙작전이 반드시 성공한다는 보장이 없었다. 대마도, 이키섬, 큐슈, 오키섬에선 성공했지만 혼슈 중부에 진행하는 상륙작전과는 규모가 다른 것이다.

뜬 눈으로 밤을 지새운 이혼은 조내관이 가져온 물로 씻었다.

몸과 마음이 한결 개운해졌다.

조내관의 도움을 받아 의관을 정제한 이혼은 처소 밖으로 향했다. 밖에선 그의 말이 담장 밑에 자란 풀을 뜯는 중이었다. 먹으려는 건 아닌지 풀을 뜯어서는 허공에 뱉어버렸다.

가만히 기다리는 걸 정말 못 참는 말이었다.

이혼을 본 말이 다가와 머리를 비비며 반가운 척을 하였다.

이혼은 조내관이 준 빗으로 윤기가 흐르는 갈기를 빗겨 주었다. 기분이 좋은지 잇몸을 활짝 드러낸 말이 몸을 흔들었다.

이혼은 말의 퉁방울만한 눈을 보며 중얼거렸다.

"그러고 보니 네게 이름을 아직 지어주지 않았구나. 아비가 흑룡이었으니 털색이 더 짙은 너는 묵룡(默龍)으로 하겠다."

사람의 말을 알아들을 리 없는 묵룡은 그저 빨리 달리고 싶은 마음 밖에 없는지 머리로 이혼을 밀어 안장 쪽에 보냈다.

이혼은 그 바람대로 등자에 발을 건 다음, 다리에 힘을 주어 올랐다. 묵룡이 워낙 큰 말인지라, 풍경이 한눈에 들어왔다.

언제나처럼 기영도와 조내관이 이혼의 주위를 둘러쌌다. 금군대장 기영도는 적지에 들어오면 말은 적게 하고 눈은 빠르게 움직였다. 적지란 곧 암살위험이 존재한다는 말과 같았다.

어쩌면 조선군 중에 가장 중요한 임무를 맡은 사람이 기영도일지 몰랐다. 그가 실패하면 전쟁의 승패와 상관없이 무조건 패한 전쟁이었다. 아니, 거의 몰락에 가까운 패배였다.

이혼은 묵룡의 배를 가볍게 걷어찼다.

앞발을 높이 든 묵룡이 이내 오키성 안을 달리기 시작했다.

전각과 성벽을 몇 개 지나는 순간, 성문이 보였다.

왜인의 체격이 크지 않은 탓인지 성문 안을 지나가려면 머리를 살짝 숙여야했다. 이혼은 머리를 묵룡의 머리 위에 붙여 조심스럽게 나아갔다. 성문을 지키던 병사들이 용아를 앞에 올리며 일제히 군례를 취했다. 소리가 쩌렁쩌렁 울렸다.

성문을 나오는 순간, 앞이 환해지며 해자에 걸린 다리가 보였다.

묵룡은 해자의 물과 다리를 번갈아보더니 이내 달려가기 시작했다. 다른 말이었으면 물을 보고 잠시 멈칫했겠지만 묵룡은 말을 다루는 목자들이 잘 훈련시켜 전혀 문제없었다.

오키항구는 멀지 않았다.

말로 달리면 10분 거리였다.

바람처럼 달려 항구에 도착한 이혼은 묵룡의 고삐를 당겼다.

흑룡이 재빨리 속도를 늦췄다.

하마한 이혼은 부두 쪽으로 걸음을 옮겼다.

오키섬을 점령할 때 별군이 항구의 부두를 모두 박살낸

지라, 공병대대 병사들이 그 옆에 임시 부두를 만드는 중이었다.

수레에 자갈을 싣고 가던 공병대대 병사들이 군례를 올렸다.

이혼은 가볍게 답례하며 그들을 지나쳐 부두 끝으로 걸어갔다.

부두 끝에는 준비를 마친 함대가 늘어서있었다.

이혼은 출정준비를 지휘하던 이순신에게 걸어갔다.

이혼을 발견한 이순신이 군례를 먼저 취하며 물었다.

"오셨사옵니까?"

"날씨는 어떻소? 괜찮을 거 같소?"

"그렇지 않아도 근처 기후에 능한 자를 불러다가 날씨에 대해 물어보았더니 이 시기엔 항상 큰 비가 쏟아진다고 하더이다."

대답하는 이순신의 표정은 담담했지만 이혼은 그럴 수 없었다.

"그럼 큰 일이 아니오?"

"그래도 출정을 늦출 수는 없사옵니다."

이순신의 대답에 이혼은 할 말을 잊었다.

이순신의 말을 반박하기 어려웠던 것이다.

출정을 늦추면 보안을 유지하기 어려운 게 사실이었다.

지금도 오키섬으로 들어오려는 왜국 배가 꽤 많은 상황
이었다.

이순신이 보낸 부하들이 오키섬에 전염병이 돈다는 핑
계로 출입을 막곤 있지만 그게 언제까지 통할지는 미지수
였다.

어쩌면 바다 건너에 있는 영주 중 하나가 전염병의 실태
를 파악하기 위해 의원을 보내려할지도 모르는 일인 것이다.

이혼이 할 수 있는 일은 고작 날씨가 좋기를 바라는 게
다였다.

10척의 호선과 300여 척의 수송선단이 오키섬 남쪽 바
다에 넓게 퍼져있었다. 호선은 남쪽을 보는 가로 일자진
형태로 떠있었다. 그리고 그 뒤에는 수송선단이 각기 자리
했다.

병력은 1만이지만 어부, 격군, 짐꾼 등 부속인원까지 전
부 합치면 1만5천이 넘는 인원이었다. 만약, 왜국 사람들
이 가미카제라 부르는 바람이 불어온다면 1만5천의 생명
이 사라지는 것이다. 무거운 부담감이 이혼의 어깨를 짓눌
러왔다.

그러나 기일을 늦출 수는 없었다.

기일을 늦추면 이번 전쟁은 패할 수밖에 없었다.

그리고 패하면 1만5천이 아니라, 수만 명의 목숨이 위험
해졌다.

이혼은 손바닥에 흥건한 땀을 군복 바지에 닦았다.

남녘의 후덥지근한 열기가 군복을 금세 축축하게 만들었다.

이혼은 고개를 들어 하늘을 보았다.

구름이 빠르게 이동하는 중이었다.

아직은 깃털처럼 흰색이지만 언제 죽음을 의미하는 색으로 바뀔지 모르는 일이었다. 이혼의 마른 입술이 파르르 떨렸다.

그때, 이순신이 조용히 말했다.

"모든 준비가 끝났사옵니다."

사실, 고민은 끝났다.

아니, 고민할 필요조차 없었다.

이미 달리는 말에 올라탄지라, 내릴 기회가 없었다.

지금은 그저 앞만 보며 달리는 수밖에 없었다.

그 앞에 불구덩이가 있든, 무릉도원이 있든 상관없었다.

어차피 행동하지 않으면 그 결과를 모르는 상황이었다.

그러나 이혼 역시 사람인지라, 주저하지 않을 수 없었다.

고민과 주저하는 것은 다르다.

고민은 어떤 것을 선택할지 놓고 고민하는 것이다. 반면, 주저한다는 말은 선택지가 하나인데 그 선택을 주저하는 것이다.

이혼이 국방과학연구소에 있을 때 그가 책임져야하는 사람은 그의 팀에 있는 연구원 10여 명 정도였다. 그리고 넓게 본다고 쳐서 외주를 준 기업까지 합해봐야 천 명 안팎이었다. 어찌하느냐에 따라 1천 명의 인생이 영향을 받았다.

　그러나 지금은 무려 천만 명에 해당하는 백성을 책임져야했다.

　지금 상황으로 좁히더라도 근 10만 명을 책임져야하는 것이다.

　그리고 그 책임진다는 말이 단순히 그들의 생업을 책임지는데서 끝나는 게 아니었다. 목숨을 책임져야하는 상황이었다.

　이런 상황에서 주저하지 않는다면 그 사람은 결단력이 강한 게 아니라, 양심이 없거나, 정신이상자일 가능성이 높았다.

　이혼은 어렸을 때부터 슈뢰딩거의 고양이를 좋아했다.

　양자역학까지 들어가기엔 너무 복잡하지만 어쨌든 상자 속에 고양이가 들어있는 것은 확실하다. 그러나 상자를 열어보기 전에는 고양이가 살아있는지, 죽어있는지 모르는 것이다.

　확률은 반반이었다.

　고양이가 든 상자를 열어보면 그 생사를 알 수 있었다.

그리고 설령 고양이가 죽어있더라도 상자를 열어야할 때였다.

변수가 있기에 그 확률에 변동은 있겠지만 어쨌든 지금은 반반이었다. 이혼은 자신의 운명을 운에 맡겨야하는 지금 상황이 당황스러웠다. 그는 원래 소극적으로 보일 만큼, 안전을 제일로 생각하는 사람이었다. 그래야 실패했을 때 돌아오는 피해가 적었다. 국방부 연구원 소속으로 신무기를 개발할 때도 더 나은 기술을 적용할 수 있지만 실패했을 때의 두려움으로 인해 성공이 보장된 확실한 기술을 적용했다. 그리고 그 덕분에 높은 자리에까지 오를 수가 있었다.

한데 세월의 흐름에 따라 성격이 변하기 시작했다.

아니, 엄밀히 말하면 주변 환경이 그의 성격을 변하게 만들었다. 그리고 처한 상황이 그의 성격이 변하도록 만들었다.

지금은 모험하지 않으면 결과를 얻기가 힘든 시대였다.

유럽이 썩은 고기에 뿌릴 향신료를 찾기 위해 대항해시대를 열지 않았다면 동서양의 균형은 무너지지 않았을 것이다.

어쨌든 동양은 자신들의 상황에 만족해 모험을 하지 않았다. 반면, 서양은 더 나은 상황을 만들기 위해 모험을 강행했다.

그리고 그 차이는 대항해시대라는 결과를 불러왔다.

이혼은 지금 거둔 작은 성공에 안주해서는 정묘호란, 병자호란, 경신대기근, 세도정치, 삼정의 문란, 국권피탈 등으로 이어지는 조선의 운명을 바꾸지 못할 거라는 생각이 들었다.

그런 운명을 바꾸려면 지금 바꿔야했다.

너무 늦으면 운명을 바꾸려도 해도 바뀌지 않았다.

이혼은 마침내 결단을 내렸다.

"출정하시오!"

이혼의 명은 이순신의 입을 통해 사방으로 퍼져갔다.

"전하께서 윤허하셨다! 선봉함대는 지금 즉시 출발하라!"

이순신의 명을 받은 중군 우후 김완은 기함 가운데 돛 위에 녹색 깃발을 걸었다. 호선은 가운데 돛의 높이가 워낙 높은지라, 그 위에 깃발을 걸면 함대 전체가 볼 수 있었다.

녹색 깃발은 이동을 의미했다.

깃발은 기본적으로 날씨가 좋은 날에 사랑받는 신호수단이었다. 신호수단으로 사용하는 방법은 간단했다. 깃발의 색이나, 모양에 특정한 의미를 부여해 사용하는데 조선 수군 경우에는 신호등처럼 녹색은 항해, 붉은색은 정지, 노란색은 경계를 뜻했다. 또, 그 외에 여러 가지 색을 추가

해 명을 내리거나, 보고를 하는데 검은색은 공격, 흰색은
퇴각, 파란색은 함포사격, 자주색은 집결, 남색은 산개 등
을 뜻했다.

색 외에도 깃발의 형태가 수십 가지에 달해 각 내용에
해당하는 깃발을 순차적으로 걸어놓으면 복잡한 명도 전
할 수 있었다. 전선과 전선 사이가 기본적으로 엄청나게
먼 해전에서는 깃발이야말로 가장 유용한 통신 수단 중에
하나였다.

기함의 녹색 깃발을 본 전선들이 감아두었던, 그리고 내
려두었던 돛을 모두 올려 바람을 받기 시작했다. 그 모습
을 본 수송선들도 돛을 올리기 시작했다. 이번 원정에 동
원한 배들 중에는 판옥선처럼 배 밑바닥이 평평한 평저선
은 한 척도 없었다. 평저선은 속도가 느린데다 격군이 필
요했다.

이혼은 징발령을 내릴 때 돛이 있는 첨저선형태의 배들
을 징발했다. 첨저선은 안정감은 조금 떨어지지만 그 대신
에 속도가 빨랐다. 그리고 돛을 달아 격군이 많이 필요 없
었다.

전함에 이어 수송함대마저 출발 채비를 모두 갖추었
다.

이젠 정말 출발하는 일만 남아있었다.

그때였다.

이순신이 직접 함대 기함을 찾아 중군 우후 김완을 만났다.

이순신을 본 김완이 미소를 지었다.

그걸 놓칠 리 없는 이순신이 물었다.

"어찌하여 웃는 것인가?"

"옛 생각이 나 그렇습니다, 장군."

"이런 상황에 옛 생각이라니. 자네도 참 어지간하군."

이순신은 부하를 칭찬하는 법이 거의 없었다.

오히려 신상필벌이 너무 엄격해 곡해하는 이들이 더 많았다.

그렇게 곡해하던 사람 중 하나가 바로 이 김완이었다.

이순신이 전라좌수영에 신임 수사로 부임했을 무렵, 김완은 전라좌수영 내에 있는 사도(蛇渡)의 첨절제사(僉節制使)였다.

처음에는 육군에 쭉 근무하던 이순신이 수군 수사로 내려온 게 불만이었던지, 아니면 원래 성격이 좀 거친 면이 있었던 건지는 알 수 없지만 부임한 후 얼마 지나지 않던 이순신이 근무태만을 범한 김완에게 곤장을 치는 일이 있었다.

원래 수사가 첨절제사에게 곤장을 치는 경우는 극히 드물었다. 수사가 일군의 사단장이라면 첨절제사는 연대장쯤에 해당하니 계급 차이가 많이 나지 않았다. 실제로 수사는 정 3품 외관직이었다. 그리고 첨절제사는 종 3품이었다. 두 관직의 차이가 딱 한 계단이었으니 이는 아무리 군대라 해도 쉽지 않은 일이었는데 이순신은 전라좌수영 장수들의 우두머리에 가깝던 김완을 근무태만으로 잡아 엄한 벌을 내렸다.

완벽한 기선제압이었다.

이를 통해 이순신은 전라좌수영 전체를 한방에 틀어쥔 것이다.

그러나 당하는 입장에선 그리 반가운 일은 아니었다.

이를 테면 모욕을 당한 셈이었다.

부하들이 보는 앞에서 당한 것이니 치욕이라 불러도 무방했다.

만약, 김완이 그때 이순신에게 앙심, 혹은 반감을 품었다면 전라좌수영은 두 쪽, 아니면 세 쪽으로 찢어져 파벌이 생길 위험이 있었다. 한데 김완은 달랐다. 오히려 그때부터 이순신을 진심으로 따르기 시작했다. 그리고 그 덕분에 전라좌수영은 이순신을 중심으로 단단히 뭉치는 계기가 되었다.

그 후의 활약이야 두 말하면 입이 아플 지경이었다.

김완이 말한 옛 생각이란 바로 곤장을 맞던 때를 가리켰다.

"그때 장군님은 참으로 엄하셨습니다."

이순신은 말없이 김완의 말을 들어주었다.

김완의 말이 이어졌다.

"여하튼 그때 일로 정신을 차렸으니 다행이라고 해야겠지요."

묵묵히 듣고 있던 이순신이 하늘을 보았다.

"바람이 강하네."

"알고 있습니다."

"폭풍우가 불게야."

"알고 있습니다."

"어찌 해야 하는지도 알고 있는가?"

"예, 장군님에게 배운 게 있는데 눈 뜨고 당하기야하겠습니까?"

그 말에 이순신은 말없이 고개를 끄덕였다.

김완은 절도 있게 군례를 올려붙였다.

이순신은 그런 김완의 어깨를 살짝 잡았다가 놓으며 돌아섰다.

이순신이 내림과 동시에 출발명령이 떨어졌다.

부두에 마중 나온 이혼에게 군례를 올린 수군 장교와 병사들은 이내 남쪽으로 항해하기 시작했다. 시작은 순조로웠다.

순풍이 불어준 덕분에 빠른 속도로 남하가 가능했다.

이틀을 꼬박 항해한 김완은 잠시 휴식을 취했다가 다시

속도를 높였다. 항로를 잃을 위험은 없었다. 나침판으로 남쪽만 제대로 찾을 수 있다면 동서로 길게 뻗은 혼슈 어딘가에 닿을 수 있었다. 물론, 그렇게 하면 작전은 실패로 돌아갔다.

오키섬에 머물며 보충했던 체력이 슬슬 떨어지기 시작할 무렵이었다. 빠르게 움직이던 구름이 서쪽하늘부터 검게 물들기 시작했다. 이순신이 걱정했던 상황이 빠르게 덮쳐왔다.

선수에 있던 김완은 급히 목에 건 망원경을 눈에 가져갔다.

소리는 잘 들리지 않았지만 지상을 꿰뚫을 것 같은 뇌전의 형상이 하늘을 조각내기 시작했다. 마치 둥근 하늘을 못으로 내려친 거처럼 사방에 황금색 금이 생겼다가 사라졌다.

"조심하십시오!"

부관의 외침에 고개를 옆으로 돌린 김완은 급히 선수상을 잡았다. 호랑이를 새긴 선수상은 이미 물기에 젖어 있었다.

옆에서 밀어닥친 파도가 거대한 호선을 출렁이게 만들었다. 파도가 밭의 이랑처럼 굴곡을 이루며 차례대로 덮쳐왔다.

기후가 변하는 속도는 산 속이 가장 빨랐다.

해발고도가 높아 지상보다 먼저 날씨 변화를 느끼는 것
이다.

한데 그 못지않게 빠른 곳이 바다였다.

오히려 산보다 바다가 위험했다.

산은 피할 공간이 있는 경우가 훨씬 많았다.

동굴이나, 아름드리나무 뒤에 숨으면 생존할 확률이 높
았다.

그러나 바다는 그런 게 없었다.

근처에 섬이 있다면 좋겠지만 그렇지 않은 경우가 훨씬
많았다.

김완은 고개를 돌려 주변을 빠르게 살폈다.

망원경으로 주변을 살펴보던 김완의 눈이 찢어질 듯 커
졌다.

천우신조인지 남동쪽 해상에 돌섬이 하나 툭 튀어나와
있었다.

당연히 사람은 살지 않는 무인도였다.

김완은 처음에 해상에서 폭풍을 견딜 생각이었다.

피해는 다소 있겠지만 그 방법 밖에 없다면 어쩔 수 없
었다.

한데 어쨌든 살아날 구멍이 보이기 시작했다. 그 구멍이
완생을 도모할 만큼 크진 않았지만 없는 것보다는 훨씬 나
았다.

"저쪽으로 함대를 이동시켜라!"

김완은 즉시 결정을 내렸다.

그리고 바로 행동했다.

미적거리다가는 바다가 만든 괴물에게 집어삼켜버릴 터였다.

약한, 그리고 가벼운 수송선부터 돌섬 뒤로 이동했다. 함대를 구성하는 전선들은 큰 형처럼 마지막까지 남아 그들의 뒤를 지켜주었다. 그 사이, 하늘을 시커멓게 뒤덮은 구름이 마침내 비를 뿌리기 시작했다. 정말 억수같이 쏟아졌다.

바람의 방향이 바뀔 때마다 손톱만한 빗방울이 온몸을 두들겼다. 비가 그치고 나면 온몸에 멍이 들어있을 것 같았다.

옆에서 작렬한 불빛에 깜짝 놀라 돌아서는 순간.

콰콰쾅!

귀청을 찢는 천둥소리가 고막을 강타했다.

그러나 놀랄 틈이 없었다.

억수같이 쏟아지는 비가 뱃전에 고여 배의 무게를 늘려갔다.

배는 오뚝이처럼 균형을 잡도록 설계되어 있었다.

그러나 상부의 무게가 너무 무거워지면 용골이 버티지 못했다.

빗물이 양현 밑으로 빠져나가게 배수로를 만들었지만 그 배수로로 흘러가는 비의 양보다 쏟아지는 비의 양이 많았다. 배수로 입구에 이물질 끼었는지 배 한쪽에 물이 차올랐다.

병사들은 급히 도끼로 구멍을 내리찍었다.

이런 상황에서 배수로에 손을 집어넣다가는 그 압력에 빨려 들어가 익사하기 마련이었다. 뱃전에서 익사하는 게 무슨 소린가하겠지만 그런 일이 가능하게 만드는 게 자연이었다.

도끼로 구멍을 넓힌 배수로가 물을 다시 밖으로 배출했다. 덕분에 난파는 면했지만 위험이 끝난 것은 아니었다. 오히려 지금부터가 더 위험했다. 파도가 들이치기 시작한 것이다.

강한 바람은 유순하던 파도를 들썩이게 만들었다.

처음엔 견딜만한 파도가 전선을 덮쳤다.

그러나 다음에는 집채만 한 파도가 전선을 덮치기 시작했다.

배가 미친 듯이 요동칠 때마다 병사들이 비명을 질렀다.

악다구니에 가까웠다.

김완은 그저 버티라는 말 밖에 할 수 없었다. 전선보다 약한 수송선을 지키기 위해서는 그들이 버티는 수밖에 없었다.

뱃전에 서있는 갑판병 하나가 파도에 휩쓸려 사라졌다.

이를 악문 김완이 소리쳤다.

"돛을 모두 내려라!"

파도에 휩쓸려 나동그라진 병사들이 하나둘 일어나 돛 줄을 잡았다. 다시 한 번 파도가 덮쳐왔다. 옆에 있던 동료가 눈 깜짝할 사이에 사라져 보이지 않았다. 선미에 있던 돛대가 끼익 소리를 내더니 옆으로 휘어지다가 두 동강이 났다.

작업하던 갑판병 두 명이 부러진 돛대에 깔려 신음했다.

한 시간, 두 시간.

폭풍은 끝이 없었다.

돌섬 뒤로 대피한 수송선마저 폭풍에 휘말려 들어갔다.

돛대에 몸을 의지한 김완이 미친 사람처럼 고함쳤다.

"몸을 낮춰라! 버텨야한다!"

병사들은 그 말에 엉금엉금 기어가 돛대를 끌어안았다.

김완 역시 돛대에 몸을 의지한 채 눈을 질끈 감았다.

바닷물을 얼마나 삼켰는지 머리가 어질했다.

김완은 하늘을 보았다.

먹구름이 조금씩 동쪽으로 이동 중이었다.

그 순간, 마치 최후의 발악을 하는 듯 거대한 파도가 덮쳐왔다.

콰쾅!

파도에 휩쓸린 김완은 그대로 정신을 잃었다.

***

김완은 머리가 시원해지는 느낌을 받으며 눈을 떴다.

잠시 뿌옇게 보이던 천장이 차차 제 모습을 찾아갔다.

선실 천장이 분명했다.

몸을 일으키던 김완은 신음을 뱉으며 다시 누웠다.

머리가 어지러웠다.

그리고 팔, 다리가 내 것이 아닌 것 같았다.

그때, 문이 열리는 소리가 들리더니 익숙한 얼굴이 다가왔다.

선의였다.

선의는 말 그대로 배에 있는 의원이었다.

선의가 정신이 든 그를 보더니 반색하며 다가왔다.

"어떠십니까?"

"죽을 맛이군."

"그래도 깨어나셔서 다행입니다. 전 돌아가시는 줄 알았습니다."

선의의 말에 쓰러지기 전의 상황을 떠올린 김완이 급히 물었다.

"함대는?"

"피해가 조금 있기는 했지만……."

김완이 참지 못하고 말꼬리를 잡았다.

"그래서 어떻다는 말인가?"

"진정하십시오. 함대는 괜찮습니다."

그 말에 김완은 몸에 들어가 있던 힘을 그제야 풀었다.

지금처럼 긴장했던 적이 없었다.

그는 지금까지 생사의 고비를 수 없이 넘겼다. 그때마다 그는 죽으면 죽는 거지 그게 뭔 대수인가라는 생각으로 버텼다.

그러나 지금은 상황이 달랐다.

함대의 생사가 그의 생사보다 중요했다.

한데 함대가 다행히 지독하기 짝이 없던 폭풍을 견뎌낸 것이다.

김완은 선의의 부축을 받아 선실을 나왔다.

따가운 햇살이 눈을 찔러왔다.

미간을 찌푸린 김완은 해 가리개를 만들어 햇빛을 먼저 가렸다.

지금은 해가 원망스럽기보다는 반가웠다.

해가 뜨지 않았으면 함대는 바다 속에 있었을 것이다.

고개를 내린 김완은 기함 선체를 둘러보았다.

선미 쪽의 돛대 하나가 중간부터 부러져있었다.

그리고 선수에는 나무로 대충 기워놓은 곳이 몇 군데 있었다.

한데 피해는 그게 다였다.

천만다행이었다.

기함의 피해를 확인한 김완은 부관을 불러 함대 피해를 물었다.

부관은 김완이 쓰러져있는 동안, 피해조사를 열심히 한 듯했다.

"함대 전선 두 척이 크게 피해를 입어 현재 보수 중입니다. 보수는 가능하지만 지금 당장 출발하기는 어려울 듯합니다."

"수송선단은?"

"소형 다섯 척, 중형 두 척이 침몰했습니다."

"대형은?"

"대형은 멀쩡합니다. 돌섬이 풍랑을 막아준 듯합니다."

그 말에 김완은 참았던 숨을 길게 내쉬었다.

"침몰한 배의 선원들은 구했나?"

"예, 일부는……."

후들거리는 다리에 힘을 주기 위해 김완이 난간에 손을 짚었다.

"병력의 피해는?"

"전사 34명, 실종 219명, 중상 14명입니다."

"비전투원의 피해는?"

"아직 집계 중입니다."

"으음."

왜군과 싸워보기도 전에 벌써 사상자가 300명을 넘었다.

난간을 쥔 손에 힘을 잔뜩 준 김완이 고개를 이내 끄덕였다.

"출발한다! 이미 많이 지체했으니 속도를 높여라!"

"예!"

대답한 부관은 기함의 돛대 위에 녹색 깃발을 걸었다.

그리고 조금 전까지 걸려있던 붉은색 깃발은 밑으로 내렸다.

밤에 만난 폭풍우로 피해를 입었지만 함대는 아직 멀쩡했다.

김완의 함대는 남쪽을 향해 빠른 속도로 항해를 시작했다. 기함에 있는 항해장은 함대 위치를 계산하느라 죽을 맛이었다. 함대가 어디 있는지 알아야 항로를 정할 수 있었다.

암초가 가득한 곳으로 함대를 이끄는 것은 패망의 지름길이었다. 항해장은 나침판과 해의 위치, 함대의 속도를 계산했다.

그리고 추정이긴 하지만 함대의 위치를 알아냈다.

"곧 왜국 해안에 도착합니다."

"목적지는?"

"남동쪽에 있습니다."

"좋다. 계속 남쪽으로 항해한다!"

"예!"

김완은 함대를 왜국 어선이 조업 나오는 한계지점까지 몰아갔다. 그리곤 그 한계지점에서 선수를 동쪽으로 바로 돌렸다.

김완은 바로 함대에 명을 전달했다.

"오늘 오후엔 목적지에 도착한다! 함대는 전투태세에 돌입하라!"

김완의 명이 떨어진 직후, 함대는 바삐 돌아갔다.

포병은 해룡포에 신용란을 장전했다.

그리고 갑판병은 완전무장한 상태로 용아를 사방에 겨누었다.

해가 중천을 지날 무렵.

목적했던 항구가 서서히 보이기 시작했다.

바로 시마네의 영주가 직접 다스리는 마쓰에항이었다.

10장. 혼슈 상륙

10장. 혼슈 상륙

시마네는 메이지유신 이후, 이 근처 지역을 통틀어 부르는 말이다. 이 당시의 시마네는 이와미와 이즈모로 나뉘어 있었는데 그 두 영지 사이에 이와미은광이 있어 치열한 다툼이 벌어졌다. 이와미은광은 세계적인 은 산출지로 왜국이 한때 전 세계 은의 30퍼센트를 생산할 수 있던 원동력이었다.

말이 30퍼센트지, 그야말로 엄청난 양이었다.

오닌의 난 이후 왜국은 군웅할거의 전국시대로 접어들었다.

사실상, 누구에게나 대권을 잡을 길이 열려있는 셈이었다. 한데 왜국을 통일하려면 무엇보다 강한 군대가 필요했으며 강한 군대를 만들기 위해선 막대한 전비(戰費)가 필요했다.

자고로 전비를 쉽게 마련하는 방법 중에 하나가 광산개발이었다. 그리고 당연히 자기 영지 안에 자원이 있는 광맥이 있어야 광산개발이 가능했다. 한데 이와미은광은 이와미와 이즈모사이에 끼어있는지라, 소유권을 정하기가 애매했다.

이와미를 다스리던 명문 오우치가문의 오우치 요시타카와 이즈모의 아마고 쓰네히사는 이와미은광의 소유권을 놓고 평생 다투었다. 두 영주는 이와미은광을 놓고 치열한 싸움을 벌였는데 오우치 요시타카가 광산을 소유하면 아마고 쓰네히사가 이를 습격해 빼앗아갔다. 그러면 오우치 요시타카 역시 반격을 가해 이와미광산을 되찾아오기에 이르렀다.

이런 구도가 깨진 것은 모리 모토나리의 등장 이후였다.

모리 모토나리는 일개 호족이었지만 가독을 상속받은 후에는 아마고와 오우치 사이를 오가며 착실하게 세력을 키웠다.

그리고 마침내 오우치가문을 직접 쓰러트린 모리 모토나리는 이와미를 얻었다. 이젠 이와미광산에 대한 소유권을 모리 모토나리가 가진 셈이었다. 지분을 반쯤 소유한 거라 할 수 있는 아마고가문마저 멸망시킨 모리 모토나리는 이 이와미은광에서 나오는 재력으로 주코쿠 8개국을 통일했다.

물론, 모리 모토나리 사후, 모리가문은 오다 노부나가, 도요토미 히데요시에게 공격받아 주코쿠의 패자로 만족해야했다.

모리가문이 소유한 이와미은광에 대한 소문을 귀가 따갑도록 들은 도요토미 히데요시는 이와미은광에 대한 소유권을 도요토미와 모리가문이 반씩 소유하는 형태로 바꾸어버렸다.

모리가문은 울며 겨자 먹기 식으로 따를 수밖에 없었다.

당시 천하의 주인은 도요토미 히데요시였다.

저항하면 도요토미 히데요시의 20만 병력이 들이닥치는 것이다.

도요토미 히데요시는 이와미은광에서 나오는 막대한 은으로 군자금을 조성했다. 그리고 군자금을 조선침략에 사용했다.

임진왜란에 쳐들어온 왜군의 자금줄이 이와미은광인 것이다.

모리가문이 세키가하라전투에서 패한 후, 주코쿠 동쪽에 있던 모리가문의 영지들, 이를 테면 이즈모와 같은 곳은 도쿠가와 이에야스의 동군에 참전했던 다른 영주에게 돌아갔다.

그래서 이즈모에는 현재 호리요 요시하루가 영주로 있었다. 호리요 요시하루는 한때 모리가문이 거성으로 사용했던 갓산토다성에 들어가 이즈모를 통치했는데 갓산토다성은 전란시대에 어울리는 성인지라, 증축, 확장에 무리가 있었다.

호리요 요시하루는 갓산토다성을 대신할 성을 찾다가 마쓰에 스에쓰구성터를 새로운 성으로 낙점해 공사에 들어갔다.

해자와 바깥 성벽, 그리고 산노마루 일부는 건설을 이미 마쳤다.

그러나 공사는 현재 중단된 상태였다.

에도막부가 큐슈에 침입한 조선군을 쫓아내기 위해 주코쿠, 시코쿠, 긴키 등지에 대대적인 병력 동원령을 내린 것이다.

주코쿠 이즈모에 영지가 있는 호리요 요시하루는 아들 호리요 다다하루에게 병력 5천을 주어 급히 시모노세키로 보냈다.

일단, 시모노세키에 집결한 다음, 쇼군 도쿠가와 히데타다와 합류해 큐슈로 넘어갈 계획이었다. 이번에 동원한 병력이 수군까지 합쳐 거의 10만이라 했으니 큐슈에 침입한 조선군을 몰아내는 데는 오랜 시간이 걸리지 않을 거라 보았다.

호리요 요시하루는 성 내에 비축한 군량을 탈탈 털어 아들에게 보내는 한편, 추후에 있을 징발에 대비해 병력을 모았다.

현재 갓산토다 성에 모인 병력은 2천이었다.

시간을 더 주면 늘어나겠지만 일단 2천이 한계인 상황이었다.

***

최담령은 이마에 줄줄 흐르는 땀을 손바닥으로 연신 훔쳐냈다.

손이 금세 물기에 젖어 흥건해졌다.

땀을 얼마나 흘렸는지 등 쪽이 소금기에 젖어 허옇게 보였다.

"더럽게 덥군."

방을 나온 최담령은 그늘 쪽에 앉아 열을 식혔다.

그냥 더운 거라면 인내가 가능했다.

그러나 습기와 함께 하는 더위는 정말 고역이 따로 없었다.

삐걱!

그늘 밑에 앉아 열을 식히던 최담령은 문이 열리는 소리를 들음과 동시에 벌떡 일어나 허리춤의 칼자루에 손을 얹었다.

그러나 다행히 적은 아니었다.

정탐하러갔던 국정원 요원 윤이 돌아온 것이다.

최담령을 발견한 윤은 고개를 꾸벅 숙이더니 손으로 방 안으로 가리켰다. 방 안에서 할 말이 있다는 뜻이었다. 최 담령은 주위를 한 차례 둘러본 다음, 윤이 가리킨 방으로 향했다.

오키성 점령 작전을 피해 없이 마무리 지은 최담령은 국 정원 요원 윤과 함께 남쪽으로 내려와 마쓰에항구에 잠입 했다.

그리고 그 날 바로 내륙으로 이동해 이 마을에 도착했 다. 산 속에 위치한 이 마을은 윤이 혼슈와 오키섬을 오갈 때마다 묵던 곳인데 사람들의 발길이 닿지 않는 한적한 곳 이었다.

최담령은 열려있던 창문을 닫으며 자리에 앉았다.

원래 찜통이던 곳이 더 찜통으로 변했지만 보안은 필수 였다.

윤은 밖에 나갔다가 온 사람이 맞는지 멀쩡해보였다.

땀 한 방울 흘리지 않은 듯했다.

최담령은 고개를 절래 저으며 물었다.

"그래, 알아보았소?"

"호리요 요시하루가 갓산토다성 안에 병력을 모으는 중 입니다."

"얼마나 모았소?"

"2천인데 시간이 지나면 3천까진 불어날 것 같습니다."

윤의 대답에 최담령은 까칠하게 자란 턱수염을 쓸어내렸다.

"애매한 숫자군."

윤이 고개를 저었다.

"갓산토다성은 오우치, 모리연합군이 공성에 실패했던 전력이 있을 만큼, 견고한 산성입니다. 말 그대로 산 전체가 하나의 성곽을 이루는지라, 공성이 아주 힘든 곳이지요. 그래서 이 주변 사람들은 갓산토다성을 천공의 성이라 부릅니다."

최담령은 피식 웃었다.

"병력은 2천이지만 손에 넣기는 쉽지 않을 거란 거요?"

"그렇습니다."

최담령은 대답하는 윤의 얼굴을 힐끗 보았다.

"그런 말을 하는 걸 보니 다른 복안이 있는 모양이오?"

그 말에 윤은 다시 고개를 끄덕였다.

"그렇습니다."

"들어봅시다."

윤은 습관적으로 주위를 한 차례 둘러본 다음, 작전을 말했다.

작전을 들은 최담령은 다시 거칠게 자란 턱수염을 쓰다듬었다.

"성공할 거 같소?"

"물론입니다."

"좋소. 그 방법대로 해봅시다."

시원하게 승낙한 최담령은 마을에 흩어져있던 부하들을 모았다.

그리고 분대 두 개를 호리요 요시하루가 새 성을 짓고 있는 마쓰에의 스에쓰구성터에 보냈다. 앞서 윤이 말한 대로 갓산토다성은 이 주변 사람들이 천공의 성이라 부를 만큼 견고한 성이었다. 모리가문이 갓산토다성을 점령할 수 있었던 것도 모리가문이 강해서라기보다는 갓산토다성을 거성으로 삼았던 아마고가문의 세력이 아주 약해졌기 때문이었다.

그 만큼 갓산토다성은 견고했다.

그러나 견고함을 얻기 위해 포기한 것들이 많았다.

성이 산성형태인지라, 그 주변에 마을을 만들 수가 없었다. 마을을 만들어야 백성이 모이고 시장을 만들어야 돈이 모이기 마련인데 갓산토다성 주변에는 그럴만한 공간이 없었다.

갓산토다성은 오로지 전략적인, 군사적인 용도의 거성이었다.

갓산토다성에 새로 부임한 호리요 요시하루는 마을을 만들 수 있는 새로운 성이 필요했다. 그래서 스에쓰구성이 있던 자리에 새 성을 만들기 시작했다. 물론, 지금은 큐슈에 침입한 조선군을 막는 일에 병력과 물자를 동원하느라, 그 쪽에 신경 쓸 여지가 없었다. 공사는 보름째 중단되어 있었다.

최담령이 파견한 별군 대원 20여 명은 공사가 끝난 건물만 찾아 불을 질렀다. 성터에는 지키는 병력이 적지 않았지만 별군 대원들은 유령처럼 잠입해 불을 질렀다. 그리고 유령처럼 빠져나왔다. 당하는 입장에서는 기가 찰 노릇이었다.

갓산토다성 혼마루에 있는 자기 처소에 앉아 시모노세키에 가있는 아들이 소식을 보내오기만 기다리던 호리요 요시하루는 가신의 급한 보고를 받고 급히 옷가지를 챙겨입었다.

"얼마나 불탔느냐?"

호리요 요시하루의 질문에 가신 하나가 급히 엎드렸다.

"화광이 충천하여 얼마나 탔는지는 아직……."

옷을 챙겨 입은 호리요 요시하루가 시동의 도움으로 갑옷을 걸치다가 갑자기 시동을 내보내더니 의자에 엉덩이를 걸쳤다.

"혹 말이다."

가신이 고개를 끄덕였다.

"예, 말씀하십시오."

"조선군이 쳐들어온 건 아니더냐?"

가신은 옆에 있는 다른 가신들과 상의하더니 고개를 저었다.

"그런 것 같지는 않습니다."

"그런가?"

고개를 끄덕인 호리요 요시하루는 다시 시동을 불러 반쯤 걸친 갑옷을 벗기 시작했다. 그리곤 평상복 차림으로 나갔다.

"말을 가져와라! 마쓰에성의 불을 끄러가야겠다!"

그 말에 시동이 얼른 말을 가져왔다.

말에 올라탄 호리요 요시하루가 군선을 펼치며 물었다.

"병사들은?"

"준비가 끝났습니다!"

가신의 대답에 고개를 끄덕인 호리요 요시하루가 말배를 강하게 걷어찼다. 호리요 요시하루는 마음이 급했다. 새 성을 짓는데 들어간 자원과 인력이 엄청났다. 한데 그게 허공으로 사라진다는 생각을 하니 열불이 나 참기가 힘들었다.

호리요 요시하루는 병력과 함께 마쓰에성으로 달려갔다.

도착하기 한 시간 전부터 검은 하늘에 화광이 번쩍이는
게 보였다. 그리고 검은 하늘을 더 검게 만드는 연기가 자
욱했다.

"어서 불을 꺼라!"

소리친 호리요 요시하루는 화재 현장에 접근하기 무섭
게 말에서 뛰어내렸다. 환갑이 넘은 사람으로는 보이지 않
았다.

불길이 워낙 센지라, 병사들은 현장에 쉽게 접근하지 못
했다.

그저 멀리서 물을 붓거나, 흙을 뿌리는 게 다였다.

"저곳에 흙을 더 뿌려라! 어떻게 해서든 번지는 걸 막아
야한다!"

"예!"

호리요 요시하루의 지시에 병사들이 메뚜기처럼 뛰어다
녔다.

그러나 별 소득이 없었다.

불은 다음 날 아침이 지나서야 꺼졌다.

그것도 더 이상 탈 게 없어 저절로 꺼진 셈에 가까웠다.

호리요 요시하루는 한숨을 푹푹 쉬다가 돌아섰다.

"성으로 돌아간다!"

말에 오른 호리요 요시하루는 새카맣게 변한 성터를 보
고 싶지 않은지 그 뒤로는 한 번도 고개를 돌리지 않았다.

그런 호리요 요시하루 뒤를 검댕이 묻어 얼굴을 알아보기 힘든 병사들이 지친 얼굴로 쫓았다. 요시하루의 재촉에 메뚜기처럼 뛰어다니며 불을 끈지라, 팔다리가 제멋대로 움직였다.

그런 상황이니 옆에 누가 있건 다들 신경 쓰지 않았다.

그저 빨리 갓산토다성에 도착해 눕고 싶은 마음 밖에 없었다.

정오가 지나서야 갓산토다성이 눈앞에 나타났다.

병사들은 언덕에 나있는 길을 따라 산 위로 올라갔다.

곧 갓산토다성의 바깥 성벽, 즉 소가마에가 일행을 맞아주었다.

성벽 주위에 해자는 보이지 않았다.

소가마에성문을 지키던 수비군이 얼른 문을 열었다.

병사들은 터벅터벅 안으로 걸어갔다. 그리고 산노마루로 방향을 틀었다. 병사들은 산 중턱에 자리한 니노마루가 한계였다.

그 위로 올라갈 수 있는 사람은 영주와 영주의 가족, 그리고 영주와 대면이 가능한 중신들 밖에 없었다. 산노마루와 니노마루 사이에는 테를 두른 거처럼 전각들이 지어져 있었다.

병사들은 그 전각에 기거하며 성을 방어했다.

"각자 휴식을 취해라! 저녁 먹기 전까지 휴식이다!"

아시가루를 지휘하는 아시가루 다이쇼의 말에 병사들이 무기를 던져놓은 다음, 방에 들어가 코를 골며 자기 시작했다.

한 시간쯤 흘렀을 때였다.

몸을 살짝 일으킨 병사 하나가 미간을 찌푸렸다.

땀 냄새와 발 냄새, 그리고 불에 그슬렸을 때는 나는 지독한 노린내가 숙소 안에 가득했다. 병사는 침상에 기대어 놓았던 왜도를 옆구리에 끼운 다음, 주변을 한 바퀴 둘러보았다.

밤을 꼴딱 새운 병사들이 곯아떨어져있었다.

말 그대로 누가 업어 가도 모를 지경이었다.

슬며시 침상 밑으로 내려온 병사는 바지춤을 잡았다.

마치 소피가 급해 자다가 깬 것 같은 모습이었다.

그런 상태로 숙소를 나온 병사는 방향을 확인하려는 듯 주변을 한 차례 둘러보다가 이내 왼쪽으로 걸어가기 시작했다.

얼굴에 검댕이 가득해 누군지 알아보기 어려웠다.

그는 왼쪽 벽을 따라 움직이다가 숲 속으로 들어갔다.

숲 안에는 이미 다른 사람들이 와서 그를 기다리는 중이었다.

"얼마나 모였나?"

그의 말에 다른 병사가 대답했다.

"반쯤 모였습니다."

"들통 난 건 아니겠지?"

그 말에 다른 병사가 대답했다.

"잡혔다면 이렇게 조용할 리 없을 겁니다."

"그 말이 맞겠군. 여하튼 다 모일 때까지 조금 더 기다려
보세."

"예."

병사는 나무 밑에 있는 어둠 속에 들어가 기다렸다.

날이 거의 저물 무렵, 아침부터 잠을 잤던 병사들이 하
나둘 깨어 돌아다니기 시작했다. 그리고 그와 동시에 나머
지 병력 반이 숲 안으로 들어왔다. 그들은 모두 별군 대원
이었다.

국정원 요원 윤이 말한 계획대로 별군은 먼저 호리요 요
시하루가 짓던 새 성에 불을 질렀다. 그리고 호리요 요시
하루가 부하들을 데리고 불을 끄러 오기를 기다렸다가 그
안에 숨어들었다. 호리요군이 입는 복식과 갑옷, 무기 등
은 국정원 요원 윤이 챙겨주어 숨어드는데 어려움은 없었
다.

더구나 불이 난 상태라 경황이 없었다. 그리고 얼굴에
검댕을 칠한 병사 천지라, 그들을 눈여겨보는 사람 역시
없었다.

별군은 자신들이 지른 불을 밤새 끄는 척하며 호리요군

에 숨어 있다가 그들이 갓산토다성으로 복귀할 때 같이 복귀했다.

그야말로 귀신이 곡할 병법이었다.

별군 100명은 난공불락이던 갓산토다성에 그렇게 숨어들었다.

그러나 다른 병사들과 같이 있을 순 없는 일이었다.

별군 중에는 왜국 말을 못하는 대원이 많았다.

그래서 누가 물어보면 벙어리흉내를 내야했는데 그게 통할 리 만무했다. 더구나 얼굴을 씻기 시작하면 검댕을 묻힌 채 계속 돌아다니는 별군을 이상하게 여길 게 틀림없었다.

최담령은 호리요군 병사들이 곯아떨어진 낮에 먼저 움직였다.

최담령이 마지막에 도착한 김돌석을 불러 물었다.

"들키지 않았겠지?"

"예, 다들 피곤해 그런지 둔감한 편이었습니다."

고개를 끄덕인 최담령은 대원들에게 주변을 경계하라 명했다.

그 말에 대원들은 몸에 숨겨 가져온 칼과 용염 등을 꺼냈다.

그들이 숨은 숲은 국정원 요원 윤이 알려준 장소인데 호리요가문 조상들의 무덤이 있는 장소여서 평소에는 금줄이 쳐져있었다. 즉, 호리요가문 사람이 아니면 출입하지 않았다. 갓산토다성에서 안전한 장소를 꼽으라면 이곳밖에 없었다.

최담령은 숲 가장자리까지 나와 하늘을 보았다.

어느새 밤이 다 지났는지 동녘에 해가 서서히 뜨기 시작했다.

심호흡한 최담령은 말린 육포를 뜯으며 뻐근한 몸을 풀었다.

이제 곧 그들이 본격적으로 나설 차례가 올 것이다.

그때까지는 휴식과 경계를 동시에 취하며 기다릴 뿐이었다.

***

중군 우후 김완은 마쓰에항으로 빠르게 접근했다.

그는 실전경험이 많다 못해 넘칠 정도였지만 지금은 모처럼 긴장한 모습이었다. 그가 상륙작전을 개시하면 왜국 전체가 벌집을 쑤셔놓은 상태로 변할 것이다. 이미 왜국을 상대로 선전포고한 셈이지만 혼슈 상륙은 전면전을 의미하였다.

"후우."

참았던 숨을 길게 내쉰 김완은 함교의 손잡이를 잡은 손에 힘을 잔뜩 주었다. 마쓰에항과의 거리가 빠르게 줄어들었다. 뿌옇게 보이던 항구의 모습이 점차 제 모습을 찾아갔다.

망원경으로 항구를 관찰하던 김완은 고개를 끄덕였다.

국정원이 조사한 대로 마쓰에항은 작은 어촌에 달린 항구였다. 정박한 배들 중에는 전선이라 부를 만한 게 전혀 없었다.

다행히 항구의 입지조건은 아주 좋은 편이었다.

일단, 전체적으로 수심이 아주 깊었다.

그리고 부두가 넓어 함대가 정박하기 편했다.

마쓰에항의 어부들은 조선 함대를 보더니 하던 일을 멈추었다.

그러나 도망가지는 않았다.

오히려 신기한 눈으로 함대의 움직임을 지켜보았다.

자국 수군이라 생각했거나, 아니면 서양 상선으로 아는 듯했다.

김완은 지체 없이 명을 내렸다.

"해병대를 뭍에 올려 보내라!"

"예!"

대답한 기함 함장이 돛대에 깃발을 걸어 해병대 상륙을 명했다.

잠시 후, 함장이 돌아와 물었다.

"해병대를 위해 엄호 포격해야하지 않겠습니까?"

김완은 고개를 저었다.

"이곳에는 적의 전선이 없으니 굳이 포격할 필요가 없을 것이다."

"예!"

김완의 말대로 마쓰에항구는 민간용도의 항구였다.

굳이 포격해 근처 주민의 원성을 살 필요가 없었다.

기함의 신호를 발견한 해병대가 바로 항구를 향해 진격했다.

사후선 하나에 1개 분대인원이 탑승해 열심히 노를 저었다. 물론, 선두에는 언제나처럼 해병대 대장 방덕룡이 있었다.

넋을 잃고 구경하던 왜인들은 그제야 보수하던 그물과 물고기가 가득 든 궤짝을 버려둔 채 사방으로 도망치기 시작했다.

조선군을 볼 수 있는 것은 큐슈만의 얘기인줄 알았다.

한데 아니었다.

혼슈 주코쿠 이즈모의 마쓰에 조선군이 모습을 드러냈다.

방덕룡은 부두를 찬찬히 둘러보았다.

어부들이 도망친 부두는 유령마을처럼 텅 비어있었다.

그야말로 개미 새끼 하나 보이지 않았다.

그러나 방심하지 않았다.

보이지 않는 곳에 왜의 정병이 있을지 모르는 것이다.

방덕룡은 부두에 도착하기 무섭게 바로 몸을 날렸다.

그의 무게를 견뎌낸 배가 한 차례 출렁하는 순간, 방덕룡은 이미 창을 옆구리에 낀 채 부두에 내려 주위를 수색했다.

"서둘러라!"

"예!"

방덕룡의 다그침을 받은 병사들이 하나둘 부두에 상륙해 뛰어가기 시작했다. 상륙작전에 도가 튼 이들이었다. 일일이 지시할 필요 없이 자신이 맡은 곳으로 바람처럼 달려갔다.

해병대 선봉부대는 부두로 들어오는 길목을 모두 틀어막았다.

"본대를 상륙시켜라!"

방덕룡의 명에 바다에 있던 해병대 본대가 상륙에 들어갔다.

해병대 본대가 거의 상륙을 마쳤을 무렵.

탕탕!

왼쪽에서 총성이 울리기 시작했다.

본대 상륙을 지휘하던 방덕룡은 총성이 들린 쪽으로 뛰어갔다.

왼쪽 길목에서 교전이 한창이었다.

항구를 지키던 왜군인지, 아니면 근처 마을에 있던 왜군인지는 알 수 없었지만 어쨌든 항구로 들어오려는 왜군이 있었다.

해병대 1중대 병력 100여 명이 길가에 숨어 들어오는 왜군에게 사격을 가하는 중이었다. 왜군의 수는 그리 많지 않았다.

전장에 도착한 방덕룡이 1중대장을 불러 물었다.

"어떤가?"

"곧 끝날 것 같습니다."

그때, 왜군이 다시 한 번 총공격을 가해왔다.

조총병과 장창병이 섞여있었다. 그리고 보병부대 뒤에는 말을 탄 기병 10여기가 있었는데 뭐라 연신 소리치는 중이었다.

방덕룡이 근처에 있던 통역병을 불러 물었다.

"말을 탄 놈들이 뭐라 지껄이는 것이냐?"

"보병을 독려하고 있습니다."

그 말을 들은 방덕룡이 뒤이어 도착한 2중대장에게 명했다.

"길목을 우회해 말 탄 놈들을 해치워라."

"예."

대답한 2중대장은 부하들에게 자신을 따라오라고 손

짓했다.

허리를 바짝 숙인 채로 길목을 우회한 2중대는 얼마 지나지 않아 말을 탄 기병 근처에 도착했다. 사무라이들인지 갑옷이 부실한 보병과 달리 갑옷을 제대로 갖춰 입은 상태였다.

"내 신호에 따라 사격해라."

2중대장의 지시에 병사들은 각자 맡은 방향에 총구를 겨눴다.

잠시 후, 준비가 끝난 2중대는 일제히 사격을 시작했다.

100여 발의 탄환이 길을 비스듬히 가르며 날아갔다.

파파파팟!

흙과 먼지가 먼저 튀었다.

그리고 그 다음에 말과 함께 적의 기병들이 쓰러졌다.

"재장전!"

소리친 중대장은 허리춤에 있던 용미를 뽑아 고개를 돌리는 적에게 쏘았다. 잠시 멈칫한 적은 비틀거리다가 쓰러졌다.

후위를 기습당한 왜군은 바로 뿔뿔이 흩어졌다.

지시를 내려야할 자들이 다 죽은지라, 통솔할 사람이 없었다.

거의 힘들이지 않고 항구를 점령한 해병대는 항구 주요 길목에 진지를 구축했다. 모래를 담은 포대로 성채를 쌓아갔다.

해병대가 작업을 마치기 무섭게 1사단 1연대가 해안으로 올라왔다. 그리고 그 뒤에는 1사단과 같이 온 근위군 공병여단이 올라왔다. 지금 부두 상태로는 물자를 하역하는데 시간이 너무 많이 걸렸다. 그래서 공병여단이 먼저 올라와 물자를 하역하는데 필요한 장비들을 설치하기 시작했다.

공병여단이 기중기 등을 설치하는 동안, 해병대는 주변 지역 정찰에 들어갔다. 평범한 곳이었다. 숲과 산, 그리고 작은 언덕이 이어졌다. 민가는 드문드문 있었다. 조선군이 온다는 소식이 근방에 퍼졌는지 피난 가는 행렬이 제법 길었다.

방덕룡이 도망치는 피난민을 보며 중대장 하나에게 물었다.

"우리는 양민을 건드리지 않는다. 그 이유를 아느냐?"

"예, 주상전하의 명령이기 때문입니다."

"자넨 주상전하께서 왜 그런 명령을 내리셨을 거라 생각하는가? 우리는 임진년에 많은 양민들이 놈들 손에 희생당했는데 왜놈 몇 놈 죽인다고 대수로울 게 전혀 없는데 말이다."

"우리는 왜군과 다르기 때문입니다."

그 말에 방덕룡이 껄껄 웃으며 중대장의 등을 후려쳤다.

"맞았다. 우리 조선군은 놈들과 다르기 때문이다. 그 놈들이 한 짓을 생각하면 열불이 터지지만 놈들처럼 해선 안 된다."

"예!"

"그러니 부하들에게 양민은 건드리지 말라고 해라."

"예!"

당부한 방덕룡은 길을 따라 이동하며 지시를 쏟아냈다.

"10중대는 여기서부터 저 언덕너머까지 사수한다!"

"예!"

"9중대는 여기다! 반드시 사수해라!"

"예!"

방덕룡은 곧 진군할 육군을 위해 길을 뚫었다.

당연히 길 끝에는 호리요 요시하루가 있는 갓산토다성이 있었다. 조선군의 첫 번째 목표는 마쓰에항의 점령이었다. 항구를 점령해야 병력과 물자를 육지에 실어 나를 수 있었다.

그리고 조선군의 두 번째 목표는 마쓰에항 근처에 있는 성을 하나 점령하는 것이었다. 마쓰에항은 방어하기 좋은 곳이 아니었다. 그렇다면 근처에 있는 성을 하나 점령해 그곳에서 마쓰에항으로 들어오는 길목을 모두 차단하는 게 나았다.

조선군은 그 성으로 호리요의 갓산토다성을 택했다.

해병대는 얼마가지 않아 갓산토다성으로 가는 길목 어귀에 있는 작은 산성에 가로막혔다. 산성의 규모는 작았지만 절묘한 곳에 위치해있어 이곳을 넘지 않으면 갓산토다성으로 가는 게 불가능했다. 조선군이 마쓰에항에 상륙했다는 소식을 들었는지 산성의 성벽에 왜군이 모두 나와 있었다.

"진격!"

소리친 방덕룡은 가장 먼저 산길을 오르기 시작했다.

풀숲을 지나 30여 미터 올라갔을 무렵.

나무를 벌목해 시야를 확보한 산성 입구가 모습을 드러냈다.

탕탕!

왜군이 조총을 쏘는지 총성이 간헐적으로 울렸다.

그러나 거리가 멀어 조총의 탄환은 그리 위협적이지 않았다.

방덕룡은 산성의 지형을 자세히 살펴보았다.

아주 높진 않지만 지형이 꽤 험해 공성에 애를 먹을 것 같았다.

방덕룡은 지형을 살피다가 평평한 바위 위를 가리켰다.

"그걸 가져와서 여기에 설치해라!"

"예!"

지원화기중대장이 소완구 10여 개를 바위에 설치했다.

소완구는 군기시가 보병지원용으로 만든 지원화기였다.

야포를 비치하는 게 가장 좋지만 현실적인 제약이 너무 많았다. 우선 지형이 좋지 않으면 기동에 애를 먹었다. 그리고 속도가 느려 같이 이동하다가는 한 세월 걸리기 일쑤였다.

그래서 야포보다 위력은 떨어지지만 보병을 지원해줄 수 있는 지원화기가 절실히 필요했는데 군기시는 전에 사용하던 소완구에서 영감을 얻어 새로운 무기를 만들었다. 이름은 여전히 소완구였지만 그 형태는 현대의 박격포와 같았다.

"쏴라!"

방덕룡의 명이 떨어지는 순간.

지원화기중대 병사들이 소형 포탄을 소완구 포구에 넣었다.

펑!

날아오른 포탄이 포물선을 그리다가 산성 성벽에 떨어졌다.

콰앙!

신용란에 비하면 어른과 어린아이의 차이지만 소완구로 발사한 포탄 역시 안에 있을 건 다 있는지라, 위력이 제법 좋았다.

소완구 포탄이 불비처럼 떨어지며 성벽에 화염이 작렬했다.

"지금이다! 진격!"

소리친 방덕룡은 앞장서서 가파른 산길을 올라갔다. 해병대원들은 용아를 쏘며 그 뒤를 따랐다. 팔 힘이 좋은 병사들은 죽폭에 불을 붙여 성벽 위로 던졌다. 가파른 산길에서 죽폭을 던지는 일은 조심해야했다. 죽폭이 원하는 곳에 떨어지지 않아 밑으로 구른다면 아군이 다칠 위험이 있었다.

산성의 성벽 높이는 3, 4미터에 불과했다.

그러나 그 3, 4미터를 올라가기 위해 해병대원 몇 명이 죽을지는 알 수 없는 일이었다. 지원화기중대가 가져온 소완구 10여 정이 엄호해주어 성벽을 지키던 왜군은 고개를 제대로 들지 못했다. 문자 그대로 완벽한 엄호라 할 수 있었다.

방덕룡은 고개를 들어 성벽을 보았다.

소완구 포탄이 연속적으로 터지며 화염과 돌조각이 비산했다.

"성문에 용폭을 설치해라!"

방덕룡의 명에 뒤에 있던 공병대 병사 하나가 달려왔다.

그리곤 꺼낸 용폭을 두꺼워 보이는 성문에 부착했다.

"하나 더 설치해라!"

방덕룡의 말에 다른 공병대원이 달려와 용폭을 설치했다. 용폭의 무게가 워낙 무거운지라, 한 명이 하나씩 휴대했다.

설치를 마친 병사가 도화선을 설치하며 소리쳤다.

"폭파합니다!"

그 말에 성문 밑에 있던 대원들이 성벽 바깥으로 후퇴했다.

괜히 그 근처에 있다가 불벼락을 맞을 필요는 없었다.

모든 대원이 피한 것을 확인한 병사가 도화선에 불을 붙였다.

치익!

도화선이 타며 매캐한 화약내음이 코끝을 찔렀다.

도화선은 문자 그대로 폭탄에 불을 붙이는 선이었다.

그러나 일반적인 재료로 도화선을 만들 경우, 도중에 꺼질 확률이 아주 높았다. 또, 타는 속도 역시 느릴 수밖에 없었다.

그래서 도화선은 물에 녹인 화약에 적셔 만들었다. 화약을 녹인 물에 몇 가지 재료를 첨가하면 빨리 타면서 잘 꺼지지 않았다. 지금 사용하는 도화선 역시 그런 종류에 해당했다.

도화선의 끄트머리에 불꽃이 반짝하는 순간.

콰아아앙!

귀청을 찢는 폭음이 울리며 바깥 성문이 터져나갔다.

용폭 두 개면 화약이 거의 50킬로그램인지라, 버티지를 못했다.

화염과 연기가 가라앉기 기다린 방덕룡이 손짓했다.

"안쪽 성문에도 설치해라!"

그 말에 철모를 부여잡은 공병대원 하나가 안으로 들어갔다.

안쪽 성문에는 용폭 하나면 충분했다.

바깥 성문은 나무에 쇠를 덧대어 만들었지만 안쪽은 아니었다.

"폭파합니다!"

같은 소리가 두 번째 들려왔다.

그리고 얼마 지나지 않아 폭음과 함께 안쪽 성문이 부서졌다.

"연폭을 던져라!"

방덕룡의 명에 해병대원이 연폭에 불을 붙여 부서진 성문에 굴려 넣었다. 잠시 후, 연기가 성문 근처를 온통 뒤덮었다.

"돌격!"

소리친 방덕룡은 연기가 가득한 성문 안으로 달려갔다.

그리고 그 뒤를 해병대원 수백 명이 따르기 시작했다.

"죽폭!"

방덕룡은 눈앞을 가리는 연막을 손으로 헤집으며 소리
쳤다.

그 말에 죽폭 수십 개가 사방으로 날아가 터졌다.

성문 뒤를 지키던 왜군이 영문 모른 채 나가떨어졌다.

"사격하라!"

연기가 걷히는 순간, 해병대원들이 사격을 개시했다.

총성이 연달아 울리며 저항하던 왜군이 모두 쓰러졌다.

작은 산성인지라, 지키는 병력이 많지 않았는데 방금 전
의 전투로 전멸에 가까운 피해를 입었다. 거의 무혈입성이
었다.

"집을 수색하되 위험해 보이는 곳은 죽폭을 이용해라!"

방덕룡의 말에 해병대원들이 분대별로 나뉘어 성을 수
색했다.

이 산성 안에는 오로지 왜군 밖에 없었다.

규모가 워낙 작은데다 용도 역시 군사적인 용도 외엔 없
었다.

펑펑펑!

죽폭의 폭음이 연달아 들려왔다.

그리고 폭음 뒤에는 욕설과 비명소리가 이어졌다.

그렇게 30여 분이 지났을 무렵.

다베란 이름을 가진 작은 산성이 해병대원 손아귀에 떨
어졌다.

"이 산성은 8중대가 지킨다!"

"예!"

화상을 입었는지 눈썹이 반쯤 탄 8중대장이 나와 대답했다.

"이 산성은 갓산토다와 마쓰에항의 중간에 해당하니 무슨 일이 있어도 지켜야한다! 놈들은 분명 우리 보급선을 끊기 위해 어떤 식으로든 이곳을 공격할 것이다! 이를 명심해라!"

"예!"

대답하는 8중대장과 중대 대원들을 뒤로 한 방덕룡은 다베성을 나와 갓산토다성을 향해 본격적으로 진격하기 시작했다.

한편, 갓산토다성에 있던 호리요 요시하루는 갑작스러운 보고에 놀라 중신을 소집했다. 도요토미 히데요시가 살아있을 때는 그 능력을 인정받아 삼중로(三中老)란 직책을 수행하기도 했던 그이지만 이런 상황에서는 침착하기가 어려웠다.

삼중로는 오대로와 오봉행이 마찰을 빚을 경우, 중재하기 위해 만든 관직이었다. 주로 관록 있는 중소 영주가 맡았다.

"조선군이 쳐들어왔다는 게 정말인가?"

가신 하나가 바닥에 엎드렸다.

"마쓰에항은 이미 조선군 수중에 넘어갔다고 합니다."

목에 핏대가 잔뜩 선 호리요 요시하루가 소리쳐 물었다.

"숫자는? 쳐들어온 조선군의 숫자는 파악했느냐?"

그 말에 다른 대신이 머뭇거리며 대답했다.

"수백이란 자도 있고 수천, 수만이란 자들도 있습니다⋯⋯."

"이럴 수가."

의자에 앉아 탄식하는 호리요 요시하루에게 가신이 물었다.

"어, 어찌 하시겠습니까?"

호리요 요시하루가 비장한 얼굴로 말했다.

"성을 내어줄 수는 없다. 이곳이 떨어지면 교토가 지척이다."

"하오시면 농성을?"

"우선 적이 몇 명인지 알아야겠다."

대답한 호리요 요시하루는 기병과 날랜 보병으로 구성한 1천 병력과 함께 마쓰에항이 있는 북서쪽으로 말을 몰았다.

성 안에는 급히 끌어모은 2천 병력을 남겨 유사시에 안과 밖에서 호응하거나, 아니면 자체적으로 농성할 계획이었다.

호리요 요시하루가 나갔다는 소식을 들은 최담령이 일
어섰다.

　"이제 우리 차례가 왔다."

　별군 대원들이 조용히 고개를 끄덕였다.

　"가자."

　최담령은 숨어있던 숲을 나와 혼마루가 있는 정상으로
향했다.

〈13권에서 계속〉